Jules ADELINE

Quelques Souvenirs

sur

Champfleury

Huit Vignettes et Croquis hors texte

Quelques Souvenirs

sur Champfleury

Ouvrages, Texte et Dessins du même Auteur :

ROUEN DISPARU ET ROUEN QUI S'EN VA. — 2 vol. in-4°, 1876, 40 eaux-
ROUEN AU XVI° SIÈCLE, d'après J. Le Lieur (1525). — In-4°, 1892, 20 eaux-
ROUEN AU XVII° SIÈCLE, d'après J. Gomboust (1655).—In-fol., 1873-75, 6 eau
LES QUAIS DE ROUEN AUTREFOIS ET AUJOURD'HUI. —In-f°, 1880, 50 eau
LE VIEUX-ROUEN RECONSTITUÉ (Exposit. Nationale, Rouen 1896).—In-4°, 40

LES SCULPTURES GROTESQUES ET SYMBOLIQUES (Rouen et environs), –
    de Champfleury. — In-8°, 1879, 125 illustrations.
LE MUSÉE D'ANTIQUITÉS ET LE MUSÉE CÉRAMIQUE DE ROUEN. — In-
    35 eaux-fortes et vignettes.
LA LÉGENDE DU VIOLON DE FAIENCE. — In-4°, 1895, 8 eaux-fortes.

LES ILLUSTRATEURS DES VIEILLES VILLES. — In-8°, 1881, 1 eau-forte.
HIPPOLYTE BELLANGÉ ET SON ŒUVRE. — In-8°, 1880, 55 illustrations.
L.-H. BREVIERE ET SON ŒUVRE. — In-8°, 1876, 5 illustrations.
DELAUNEY, LE GRAVEUR DES CATHÉDRALES. — In-8°, 1889, 1 eau-forte
PEINTRES ET MUSÉES. — In-8°, 1892, 2 eaux-fortes.
LE CHAT D'APRÈS LES JAPONAIS. — In-8°, 1893, 10 illustrations.

LEXIQUE DES TERMES D'ART. — In-8°, 1888, 1,400 illustrations.
ADELIN'S ART DICTIONARY. — Londres, in-8°, 1891, 1,215 illustrations.
VOCABULARIO DE TERMINOS DE ARTE. — Madrid, 1888, 1,369 illustratio
LA PEINTURE A L'EAU. — In-8°, 1888, 150 illustrations.
LES ARTS DE REPRODUCTION VULGARISÉS. — In-8°, 1895, 150 illustratio
L'ART DU TROMPE-L'ŒIL. — In-8°, 1894, 1 eau-forte.
L'ILLUSTRATION PHOTOGRAPHIQUE. — In-8°, 1895, 1 eau-forte.

PROMENADES ET EXCURSIONS EN NORMANDIE.—7 br. in-8°, 1873-80, 7
RARETÉS ET FACÉTIES NORMANDES. — 4 vol. in-8°, 1877-78, 35 eaux-for
FÊTE HISTORIQUE DE 1880 (Entrée de Henri II, 1550). — 1 vol., 22 eaux-fc

En Préparation :

LES FONTAINES DE ROUEN AUTREFOIS ET AUJOURD'HUI.—In-4°, 25 ea
ROUEN A TRAVERS LES AGES. — In-fol., 40 aquarelles, 20 maquettes avec plans
ROUEN TEL QU'IL AURAIT PU ÊTRE. — In-fol., 20 aquarelles.
VISIONS D'AVENIR LOINTAIN. — Paysages et ruines de Paris. — In-fol., 10 a
QUELQUES NOTES SUR LE LOGIS ET L'ŒUVRE (Architecture, Dessins,
    Publications). — In-4°, 50 illustrations.

Jules ADELINE

Quelques Souvenir.

sur

Champfleury

Huit Vignettes et Croquis hors texte

ROUEN — 1902

Ces souvenirs sont extraits d'une correspondance pendant les dix-sept dernières années (1872-1889) de la vie de mon ami Champfleury.

On y trouvera quelques renseignements sur les « idées d'art » de l'auteur du VIOLON DE FAÏENCE.

On y trouvera aussi des pages qui montreront à quel point l'écrivain se préoccupait de la « préparation » de ses éditions et qui révéleront ce que devaient être bien des « projets non réalisés ».

J. A.

Les titres et illustrations phototypiques et lithographiques

de l'Imprimerie J. Lecerf

de Rouen

—

Le texte de l'Imprimerie Chassel

de Mirecourt

Tiré

à Cent Exemplaires

pour

les Amis de l'Auteur

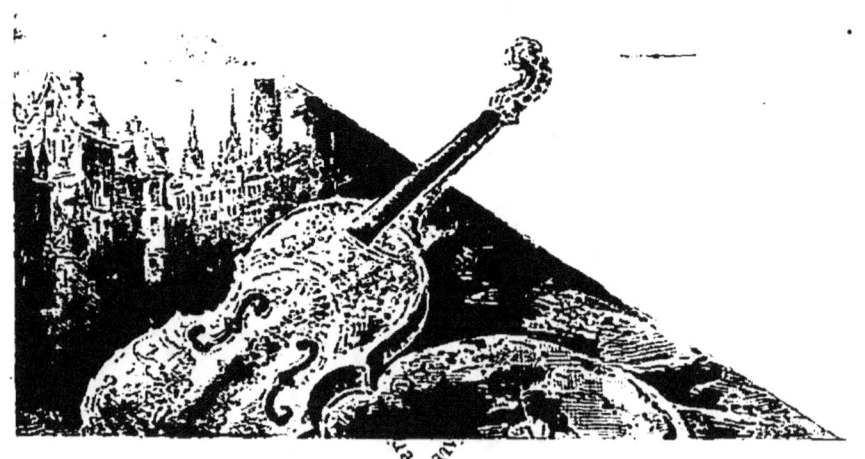

Illustrations

CHAMPFLEURY HYPNOTISÉ PAR LE VIOLON DE FAIENCE. Croquis lithographique (Couverture).

1. CHAMPFLEURY EN 1880 (l'entrée de l'ancienne Manufacture de Sèvres, le Musée, etc.). Frontispice. Phototypie d'après un dessin.

2. LE CHAT DE FAIENCE (les Chats égyptiens et japonais, etc.). Phototypie d'après un dessin.

3. CHAMPFLEURY EN 1864. Croquis lithographique.

4. MI-KI-KA. Dessin *inédit* pour une édition des « CHATS ». Croquis lithographique.

5. LE VIOLON DE FAIENCE, avec « fond de Nevers ». Dessin *inédit*. Croquis lithographique.

6. LA RUE EAU-DE-ROBEC, pour une publication projetée. Dessin *inédit*. Croquis lithographique.

7. « CHIEN-CAILLOU ET SON LAPIN PETIOT ». Frontispice *inédit*. Phototypie d'après un dessin au lavis.

8. Frontispice *inédit* pour les « SENSATIONS DE JOSQUIN ».—« On m'a souvent demandé quel était ce Josquin mystérieux. » — Phototypie d'après un dessin au lavis.

i

Champfleury

s un portrait photographié vers 1864

QUELQUES SOUVENIRS

SUR

CHAMPFLEURY

NE de mes premières eaux-fortes est une petite carte-adresse.

Dans le fond, une vue du Vieux Rouen. Autour du petit tableau, un vague souvenir très modernisé de Le Lieur, l'homme du xvᵉ siècle — en 1872! Déjà! et je reconstruirai le Vieux Rouen de cette époque, près de 25 ans plus tard! — C'est de l'enchaînement, mais à grande distance. — Puis, parmi les accessoires divers entourant cette vue de Rouen — d'une morsure très insuffisante, mais d'une extrême finesse — un petit chat accroupi sur un volume, donne seul une note un peu plus vigoureuse. Un chat! mais c'est un trait de lumière! Champfleury adore les chats. J'ai lu et relu depuis long-temps son volume consacré au plus joli, au plus gracieux, au plus intelligent des animaux et — aussi au plus affec-tueux — n'en déplaise à ceux qui n'ont su ni les bien observer ni les comprendre.

N'est-ce pas : *Bonhomme, Turco, Craboche, Turlurette, Mi-Mi, Ki-Ki* et *Mi-Ki-Ka,* bons compagnons du logis qui se sont succédés et ont été la joie de la maison avec

1

leurs ronrons familiers, leurs gestes câlins — le dernier surtout — que Champfleury devait plus tard connaître et dont il admira les espiègleries simiesques, la fourrure tigrée d'une régularité admirable, les attitudes de clown et la physionomie toujours en éveil.

Envoyons cette eau-forte minuscule à Champfleury — que je ne connais encore que par ses œuvres et très insuffisamment encore par ses portraits — et le 25 décembre 1872, je reçois cette première lettre, datée de la Manufacture de Sèvres.

La jolie eau-forte, Monsieur, que vous voulez bien m'envoyer, m'est doublement précieuse et je vous en remercie.

Elle me rappelle un temps déjà lointain où, à propos d'un petit livre sans importance, je recevais tant de communications de toute nature sur la race féline. L'attachement à ces animaux est vraiment moins superficiel qu'on ne l'imagine, et je dois aux chats d'avoir fait connaissance de plus d'une nature délicate qui est venue à moi. Tout passe, à la fin de l'année il ne restera plus trace des quatre éditions consacrées à ces animaux... mais ça été un regain bien inattendu et bien agréable que de recevoir votre eau-forte spirituelle.

Entre amis des chats la sympathie vient vite, et les amis de nos amis sont nos amis.

Si les éditions des chats étaient épuisées, rien de plus simple que d'en publier une nouvelle et, en remerciant Champfleury de sa jolie lettre, je me déclare prêt à lui dessiner ou graver ce qu'il pourrait désirer. La réponse ne se fait pas attendre...

Quoique depuis mon volume j'aie publié quelques études de chats dans les journaux et malgré quelques offres obligeantes qui, semblables à la vôtre, m'ont été faites, j'ai fermé à double tour la porte de ma chatière pour ne pas me laisser tenter.

Le public n'aime pas qu'on lui serve longtemps le même poisson, et il a raison intellectuellement. Il faut être fort riche et fort excentrique pour publier 4 volumes in-4 sur saint Antoine sans parler de son cochon. C'est pourtant ce que prépare un archéologue qui ne pense pas qu'on en rie. Or, en suivant mon système premier qui a décidé de la publication des chats, j'arrive fatalement à l'in-4. Je tiens plutôt à couper qu'à augmenter, et quand je grossis ou j'allonge, c'est que je suis commandé par les nécessités typographiques

Toutefois, j'userai et j'abuserai de votre bienveillance pour un détail qui, à l'heure qu'il est, est d'une plus immédiate utilité.

Je prépare une illustration du *Violon de Faïence*, dont celui de M. Potier, actuellement, appartenant au Musée de Rouen, m'a servi de type absolu. J'ai écrit à M. l'abbé Collas, conservateur de ce Musée, pour en obtenir une photographie. Ses occupations l'ont sans doute empêché de me répondre:

Voici donc ce que je souhaiterais — si vous trouvez quelque intérêt à voir reproduire la merveille de votre Musée, — *une reproduction exacte, à la plume ou au crayon, des personnages de la table de dessus et de dessous*, qui ne ressemblent pas à ceux que je pourrais me procurer ailleurs, car un autre violon, de la même fabrique hollandaise, a été photographié dans la publication de M. Demmin.

Vous me trouverez peut-être indiscret, Monsieur, de vous occasionner un tel dérangement, vous m'y poussez par votre bienveillance ; mais, toutefois, si vos occupations ne vous permettaient pas de répondre à mes désirs, ne vous en tracassez pas. J'ai des amis de Rouen à Paris qui pourraient me rendre ce service. (23 novembre 1872).

Inutile de dire que le lendemain j'étais au Musée céramique, alors installé dans l'une des galeries du Cloître Sainte-Marie, et le violon, sorti de sa vitrine — avec la permission du Conservateur, bien entendu — reposait moelleusement sur un ancien fauteuil rembourré, ce qui me permit de le dessiner de face, de dos et même de profil. Les dessins terminés furent expédiés de suite à Sèvres, et de suite aussi je reçus cette nouvelle lettre. (7 décembre 1872).

J'hésiterai et y regarderai à deux fois avant de vous demander un renseignement et un service, tant vous y mettez d'empressement, de bonne grâce, et tant j'aurais peur de vous faire perdre du temps.

Vos dessins sont d'une exécution si parfaite, qu'ils ont été ma joie hier en rentrant, et une fête pour les yeux le lendemain en me levant.

J'avais perdu le souvenir de ces riches compositions, quoiqu'il m'eût été donné de les tenir dans mes mains il y a une douzaine d'années, chez M. Potier. J'en avais ainsi donné une espèce de silhouette aussi précise que le comporte un petit roman, mais je ne m'attendais pas à ces merveilles dont l'excellente reproduction m'a rendu un moment soucieux en songeant au mal qu'involontairement je vous ai donné.

Qu'est-ce qu'une photographie, cet art mort, en regard de ces spirituels dessins qui offrent tout à la fois le mérite de l'interprétation vivante et de la reproduction précise?

Vraiment, Monsieur, je voudrais que votre rue de Venise, appelée improprement Eau-de-Robec, à Rouen, fût plus près pour vous aller remercier, vous serrer la main et vous dire combien vous m'avez rendu heureux.

Si mes occupations ne me le permettent pas, j'espère bien un jour avoir le plaisir de vous recevoir à Sèvres et de vous témoigner ma reconnaissance.

Ce dessin décidera peut-être de la publication du Livre : j'en veux faire une publication d'un luxe inusité, et sans prétendre m'acquitter envers vous, j'aurai le plaisir, Monsieur, de vous en envoyer le premier exemplaire.

Dès lors, la glace est plus que rompue, les relations amicales avec Champfleury, que je désirais tant connaître, dont quelques nouvelles ou romans me sont familiers dès l'enfance, ces relations vont se développer en un thème harmonieux avec accompagnement et variations sur le *Violon de Faïence*.

J'envoie à Champfleury quelques-unes de mes premières eaux-fortes : « Un dessin d'après Langlois, » qui lui rappelle « certaines gravures satyriques du même maître, » qu'il possède.

Ce fut une intelligence dévorée par la province et la misère. Les aspirations de l'artiste ne purent se réaliser dans le milieu et à l'époque où elles pointèrent ; je suis heureux de me rencontrer avec vous, car j'ai dit quelques mots de l'homme dans je ne sais plus quel livre, peut-être dans la *Caricature au Moyen-Age*.

Votre « Fontaine Sainte-Croix » est également très intéressante, cher Monsieur, à l'archéologie architecturale vous joignez un sens particulier du pittoresque vrai, qui donne de la valeur aux vues de monuments dont vous poursuivez les restitutions. *A ces qualités, se joint un amour de localité qui fait que vos travaux, quoi qu'entrepris isolément, seront un jour rattachés par un lien naturel et sympathique.* Voilà la véritable décentralisation, la plus difficile à obtenir, intellectuelle et artistique. Il serait à souhaiter que chaque province, chaque ville, grande ou petite, possède un homme doué des mêmes qualités (6 février 1873).

J'ai souligné un passage de cette lettre assez typique, car Champfleury — la célèbre (!) Mlle Couesdon n'existait pas encore — y semble prophétiser. En tout cas, sa prophétie s'est réalisée, mais peut-être aussi ces quelques lignes n'ont-elles pas été inutiles pour m'encourager dans mes travaux ultérieurs.

C'est encore la petite brochurette sur Gisors qui l'intéresse, mais le but de la lettre du 19 mars 1873 est surtout le *Violon*.

Dans votre brochure, vous parlez d'une figure cadavérique, « me dit-il en commençant cette assez longue lettre, » cette figure me rappelle un monument de même nature qui se voit à Laon, et qui est la statue du médecin Guillaume de Harcigny ; mais celle-ci ne put être attribuée à Jean Cousin.

Ne vous fiez jamais à M. X. qui eut un nom en librairie, ni à MM. XX., archéologues-confusionistes.

Votre jolie petite eau-forte du château de Gisors donne l'envie de grimper en haut du monument. Le travail est sobre, simple, et rappelle les maîtres des siècles précédents, sans que le pastiche en la manière se fasse sentir.

J'ai fait réduire à la photographie un de vos beaux dessins du Violon de Faïence, et je trouve votre planche si bien réussie que j'ai bien envie de vous *commander* un essai de la même taille avec la reproduction du manche, quoi qu'autant que mes souvenirs soient exacts, le manche ait été refait. Mais, dans ce livre, que je veux faire un parangon de typographie, l'archéologie n'a rien à voir. Si quelques connaissances céramiques forment le squelette, le public ne doit voir que la peau rosée du conte.

Voici donc, à la page ci-contre, la grandeur exacte de la gravure, à supposer que j'aie laissé assez de place pour le manche de l'instrument.

Là, en effet, était collée une épreuve photographique sur toile cirée, épreuve très nette et reproduisant bien tous les détails du dessin à la plume que l'on me demandait de graver. Sur les marges et au bas de la feuille, Champfleury continuait : « Il s'agit d'un volume format in-18, et il est utile de donner de l'air à la gravure à l'aide de marges. »

J'ai l'intention de donner face et revers du violon, également intéressants.

Cette réduction, n'étant qu'un projet, je vous demanderai, cher Monsieur, s'il ne conviendrait pas pour deux eaux-fortes libres, capricieuses et non plus exactes comme vos dessins, de faire voir en perspective un des flancs de l'instrument pour bien le faire saillir sur le mur auquel il serait attaché. Le violon ne pourrait-il être attaché à un clou par une ficelle? Quel fonds devrait servir pour bien faire ressortir la richesse des ornementations?

Voilà, cher Monsieur, bien des questions que je vous pose, sans vous demander s'il vous convient de vous embarquer en ma compagnie dans l'ornementation compliquée de ce petit livre. En ce sens, mes amis m'ont rendu exigeant, et vous m'avez ouvert si sympathiquement la porte de votre atelier, que je m'y présente un peu trop botté.

C'est un simple renseignement encore que je vous demande, cher Monsieur, surtout si vos occupations vous empêchaient de me prêter votre amical concours, dites-le-moi aussi franchement que la pensée de vous tyranniser m'est venue. Prenez-vous-en surtout à votre talent et à la réussite de votre eau-forte de Gisors.

Les pourparlers en vue de cette première édition illustrée du Violon vont continuer, et longtemps. Selon Champfleury, « l'exécution matérielle du livre offre une telle difficulté » qu'il ne sait où le faire imprimer. « Vous ai-je dit mon plan? Si oui, appelez-moi rabâcheur. » Et Champfleury entre alors dans les détails de l'impression d'ornementation chromotypographique.

Ce sera un livre tiré six fois en moyenne. Ce sera un de mes amis, peintre à la manufacture de Sèvres, — M. E. Renart — qui fait les modèles coloriés des entêtes et des culs-de-lampes, et en regardant les patiences auxquelles je le condamne, je me demande, dit Champfleury, si la coloration du Violon est possible. Mais ce serait me priver de votre amical concours que j'aurais été heureux de mettre à profit.

Peut-être irai-je à Rouen, qui m'a fourni le motif de ce conte, et ce, ayant le plaisir de faire votre connaissance, trouverons-nous, de concert, un biais pour nous tirer d'embarras. Nous ne nous connaissons pas encore, mais nous finirons par nous entendre et nous parlerons de tout ceci et surtout de vos travaux (car je vous fatigue de mon projet); quand vous viendrez à Paris, j'espère que vous voudrez bien accepter un modeste déjeuner à Sèvres, après quoi nous irions faire un tour au Salon ensemble. Ecrivez-moi votre arrivée et prévenez-moi la veille par un mot, je vous en prie, cher Monsieur, et je serai tout à vous (11 avril 1873).

1873. C'est la première fois que j'envoie au Salon — et que j'ai eu l'honneur d'être admis — une de ces années terribles du temps de Charles Blanc, où le Palais de l'Industrie n'exposait que 2.142 œuvres de tous les genres, alors qu'en 1896 il en devait exposer 5.416!

Allons voir le Salon et allons à Sèvres.

A vendredi, déjeuner 11 heures, si vous le voulez bien, cher Monsieur, nous irons ensuite faire un tour au Salon. Auriez-vous la complaisance d'apporter avec vous la réduction que je vous ai envoyée du Violon? Nous pourrions en causer plus facilement la pièce à la main (5 mai 1873).

Je me dirige, à l'heure indiquée, vers la Manufacture de Sèvres — *l'ancienne* — bien entendu. A l'entrée de l'avenue, un Monsieur en veston, chapeau mou, à moustaches grisonnantes, décoré. Si c'était Champfleury... nous ne nous étions pas encore rencontrés, et ses portraits ne m'étaient pas très familiers à cette époque. Non, ce Monsieur — très aimable du reste — n'est pas Champfleury, mais c'est un chef de service à la Manufacture, il veut bien m'indiquer la véritable entrée, car cette avenue décorative aboutit à une grille toujours soigneusement fermée.

, Près de la véritable porte d'entrée, à droite, une
petite maisonnette toute basse, un nom « Champfleury »
sur une petite plaquette de faïence. Je sonne. Monsieur
n'est pas là, me dit une petite bonne, il est à son cabinet
de travail. Mais où ? — Dans la Manufacture. — Ah ! —
Monsieur ne sait pas ? — Non. — C'est que si Monsieur
ne sait pas, Monsieur ne trouvera jamais. — Oh ! — Je
vais vous faire conduire, Monsieur.

Et je vais à la suite d'un gardien à tricorne qui me
fait faire une route... une route interminable. Et
« nous allons au plus court, » daigne-t-il me dire de
temps en temps pour me rassurer. Nous suivons des couloirs voûtés comme des cloîtres, nous traversons des
cours encombrées, des hangards, nous nous heurtons à
des vases — du genre mastodonte, — et nous dégrin-
golons des escaliers obscurs pour remonter peu après
des perrons disjoints. Ah ! c'est un fier voyage, avec les
alternatives de demi-jour et d'obscurité profonde qui
semblent encore agrandir les perspectives et faire fuir
les lointains.

. Enfin, nous sommes arrivés.

Champfleury, inutile de le dire, m'accueille à bras ouverts. Je fais la connaissance de son ami, E. Renart,
artiste enjoué et charmant. Puis nous causons *Violon*
et... mais c'est l'heure du déjeuner... et nous retraver-
sons tous trois les couloirs, les cours, etc.

Dans la petite maison — où je suis revenu depuis bien
des fois, — excellent accueil de la maîtresse du logis,
Madame Marie Champfleury, qui me déclare que certain
envoi de bonbons a « définitivement gravé mon nom

dans le gosier du terrible Champ-Champ, » alors espiègle
gamin, joyeux et drôlatique au possible.

J'aurais voulu répondre à toutes vos gracieusetés par un
dessin concernant Rouen, de la main de votre serviteur, cela
ne sera guère prêt avant cinq ou six semaines, d'ici là, ne
croyez pas avoir affaire à un oublieux, et ne manquez pas, à
la première occasion, de retomber parmi nous (11 juillet
1873).

La petite surprise, c'était une plaquette élégamment
cartonnée, avec ce titre de la main de Champfleury :
*Les Assiettes à musique de Rouen, exemplaire offert à
M. Jules Adeline, par son bien affectueux*, et contenant
réemmargés sur du papier bulle : Le *manuscrit* de
Champfleury pour un article du *Musée Universel*, la
première épreuve et la deuxième épreuve avec les corrections de l'auteur, enfin la vignette sur bois et le
tirage de l'article de la Revue.

Dès notre première entrevue, la sympathie s'était vite
établie. J'envoyai dès lors à Champfleury tout ce qui se
publiait. Je lui trouvai même chez l'ami G. Gouellain un
petit carreau de faïence de Rouen représentant un jeune
violoniste qui fit le bonheur de Renart. Mais déjà les
difficultés d'impression s'accentuaient. « Reste le chien-
dent de la typographie, qui me prépare peut-être quelque
dure déception ; mais je suis bronzé, et je ne lâcherai
pas » (31 mai 1873). Et pourtant nous en avions causé
dans cette promenade au Salon, après l'amical déjeuner,
mais un peu à bâtons rompus, il est vrai.

Champfleury, toujours en arrêt devant les paysages et
les scènes modernes, rappelait sans cesse que les Hol-
landais devaient leur célébrité à leur sincérité. En se

contentant, disait-il, de peindre des scènes de la vie
journalière, leurs tableaux nous en apprennent plus sur
leurs mœurs, leurs coutumes et leurs modes que bien
des documents écrits. Aussi, quand il regardait quelque
machine allégorique ou devant quelque scène à personnages conventionnels, d'une nudité académique ou vêtus
d'oripeaux d'un autre âge, une saillie toujours juste
mais souvent drôlatique était-elle décochée au passage.
Un paysage d'un beau sentiment ramenait un regard
rêveur sur le visage goguenard, l'ami de Courbet et de
Chintreuil réapparaissait aussitôt, et le petit œil scep-
tique et malin brillait d'une extraordinaire façon.

Mais Champfleury éprouve le besoin de tomber à Rouen
comme une bombe. En Août 1873 il veut en quelques
heures visiter le Musée avec moi, revoir le Violon encore,
voir G. Gouellain et faire un tour chez les Marchands de
Faïence et les Brocanteurs.

Il quitte Rouen avec une telle précipitation « qu'à travers le croisement des lignes j'ai — me dit-il (20 Août
1873) — laissé mon parapluie dans un wagon, ce qui
m'a d'autant plus amusé que je venais de terminer un
drame palpitant intitulé : *Surtout, n'oublie-pas ton parapluie.* »

Mais au milieu de tout cela l'affaire du Violon continue,
toutes les Eaux-fortes que j'envoie sont prétexte à me
dire « vous pouvez vous escrimer quand vous le voudrez
sur les deux faces du violon ». Il a même été question
d'une troisième planche — avec portrait minuscule —
mais un frontispice en travers c'était une mauvaise idée.
Cette troisième planche sera gravée cependant — mais

non publiée et le Catalogue de la Vente Posthume de
Champfleury la baptisera : Ex-Libris, ce à quoi nous
n'avions jamais songé ni Champfleury, ni moi.

Les deux cuivres du Violon sont arrivés à Sèvres. « Vous
vous êtes dévoué avec une promptitude qui m'a ravi, d'autant mieux que les Eaux-fortes sont parfaites. L'exactitude
de la reproduction n'a pas nui au côté artistique. Voilà enfin,
cher Monsieur, le Violon de Rouen triplement consacré,
deux fois par vous, une fois par moi (8 novembre 1873).

Mais les tracas de la chromotypographie continuent. « Il
est possible que la chromolitho soit substituée à la typo....;
ce sera un tirage de plus...., mais on aura plus de certitude
pour la réussite de l'opération ».

Quant aux Eaux-fortes Champfleury va faire tirer
quelques épreuves.

« Je veux assister moi-même aux essais d'épreuves, afin
que les carottiers et les corbeaux à la piste des imprimeurs,
n'en enlèvent pas un exemplaire.

« J'ai fait imprimer à six exemplaires des choses très intimes et dont la non-réussite avait une grosse portée, dont
je retrouvai des exemplaires dans le carton de Burty. Je ne
veux pas favoriser ce commerce et Burty sera puni par où il
a carotté ». (Novembre 1873)

La pièce gravée à laquelle Champfleury fait allusion
est cataloguée par H. Béraldi dans l'œuvre d'Edmond
Morin (*Les Graveurs du XIXᵉ Siècle* — x. p. 148, nᵒ 31),
c'est le billet de faire part d'une union — qui resta à
l'état de projet avec cette lettre gravée — : « Monsieur
Champfleury et Mademoiselle X... ont l'honneur de vous
faire part de leur mariage au Bas Sannois, Septembre
1862. » En effet, pour une « chose très intime dont la
non réussite avait une grosse portée « c'en était une et
c'était raide, de la retrouver bien conservée dans le car-

ton d'un collectionneur — fût-il un ami. — Il est vrai
que depuis des catalogographes les ont révélés au grand
public. Mais on sait que les Rédacteurs de catalogues ne
reculent devant rien, et se feraient un scrupule d'omettre
le moindre renseignement, tant ils ont présent à l'esprit
cette injure qu'on leur décochera plus tard à chaque
pièce oubliée. « Inconnu au célèbre xxx, l'auteur de la
Bibliographie de.... ».

Au moins, quant à moi, je pourrais fournir une va-
riante à ce cliché si jamais je publiais un jour mon
catalogue, — ce qui est vraiment douteux - - et j'aime à
croire que les « Découvreurs » d'omissions m'en seraient
reconnaissants. Il n'est pas impossible que dans un catalogue quelque lacune se soit glissée, mais au moins ces
gens heureux — les « Découvreurs » dont il est question
plus haut — auraient-ils la joie, quand ils mentionne-
raient ces omissions, de pouvoir s'écrier : *Inconnu à
l'Auteur lui-même* ! Ce qui serait une nouvelle formule.

Mais préparons-nous à jouer un nouvel air de Violon,
ce n'est pas fini. Il y a cependant un petit entr'acte pendant
lequel j'essaye d'intéresser Champfleury à E.-H. Langlois
dont je lui envoie de temps à autre quelques nouvelles
planches gravées pour l'album publié par Alfred Dieusy.

Je crois possible l'affaire de la *Gazette des Beaux-Arts*,
me dit-il (10 octobre 1873), mais j'aurais besoin d'être
prévenu deux mois à l'avance au moins, car les nᵒˢ de la
Gazette sont préparés de longue date..... Je ferais volontiers
l'article — « ce qui d'ailleurs resta toujours à l'état de projet, »
-- car je crois posséder assez sur Langlois..... Sèvres, vous
le savez, comptait parmi ses peintres Polyclès Langlois, le fils
de l'Archéologue, il a décoré pendant plus de vingt-cinq
ans nombre de vases et de services en porcelaine. L'homme

est mort l'an passé, je ne l'ai pas connu. J'ai cherché ce matin dans un portefeuille s'il n'existait pas quelques dessins de lui, mais je ne trouve rien. Il peignait assez habilement sur porcelaine, du bout du pinceau, des paysages de Suisse, des bords de la Seine, des châteaux, d'un ton et d'une harmonie qui font plus penser à l'art de 1820 qu'à l'art de l'avenir dont tant d'esprits se préoccupent à juste titre. Polyclès fut un décorateur plutôt qu'un chercheur comme son père. Peut-être a-t-il laissé d'autres œuvres que ses peintures sur porcelaine, ces renseignements pourraient au besoin être cherchés.

Mais l'entr'acte se prolonge. Après Langlois on parle de Bréviére. Primitivement le manuscrit de mon volume sur Bréviere était assez modeste, — cependant la planche frontispice était déjà gravée et j'aurais souhaité voir passer ce petit travail dans la *Gazette* ou la *Chronique*..... mais, hélas ! que de tribulations !

J'arrive de la *Gazette des Beaux-Arts* (6 janvier 1874) et j'ai vu René Ménard qui la dirige.

Il n'a pas connaissance de l'article sur Langlois qui est sans doute dans les mains du secrétaire de la *Chronique*, en voyage pour quelques jours.

Pour Bréviére, Ménard me charge de vous dire que cette étude ne rentre pas dans le cadre de la *Gazette* surtout à cause du personnage qui ne lui paraît pas assez important. Ce procédé l'engagerait trop vis-à-vis des graveurs sur bois qui s'imagineraient plus tard avoir droit aux mêmes honneurs.

J'aurais voulu ne pas être chargé de vous transmettre cette réponse, mais j'ai craint que Ménard ne fût long à vous répondre. Ménard me dit que le dessin conviendrait mieux au *Magasin Pittoresque* où, en effet, la gravure sur bois est très honorée. Peut-être pourrais-je en parler à quelqu'un. Vous feriez toujours bien d'envoyer la gravure à M. *Best* qui est le véritable directeur malgré la signature Charton.

La lettre ne se termine pourtant pas sans une petite variation sur le *Violon*.

J'ai *enfin* vu M. Salmon pour les épreuves du *Violon*. Il va vous en tirer et vous les enverra de façon que vous fassiez vos observations pour le tirage. Et revenant encore sur Brevière : « L'article serait pourtant intéressant en raison de la part que l'homme prit à la renaissance de la gravure sur bois, aux environs de 1830; mais pour ne pas vous exposer à une déconvenue (je ne saurais vous dire combien d'articles reçus sont arriérés et dans le purgatoire des cartons) vous ferez bien de m'écrire en quelques mots votre plan. » Et quelques jours après (17 janvier 1874) : J'attends votre manuscrit sur Brevière..... Il y a dans l'œuvre de Langlois à la Bibliothèque une estampe fort rare qui me paraît bien digne d'être reproduite. C'est le portrait de Madame Desbordes Valmore représentée dans le véritable costume du temps avec toute la rigidité d'un homme qui ne sacrifie ni aux modes ni au romantisme poétique de l'époque. Ce portrait est une note bien particulière dans l'œuvre de Langlois et je vous serai obligé de soumettre mon obser- vation à l'éditeur.

Oui, mais l'éditeur ne voulait dans son Album que des dessins inédits, donc rien à faire. Et puis le Langlois vu par les artistes est tout à fait différent, disons-le en passant, du Langlois vu par certains amateurs. Ces pièces, caractéristiques d'époque et de facture, laissent absolu- ment froids les amateurs de miniatures et de pièces microscopiques que l'on connaît.

Au milieu de tout cela le pauvre Brevière était tou- jours sur le pavé. Si on essayait de l'*Artiste*. Champfleury se remet en route. Il va chez Arsène Houssaye qui de sa plus belle écriture lui répond aussitôt : « Tout ce qu'il vous plaira pour vous et pour vos amis. Amitiés à vous et à votre charmante femme. » Et en m'envoyant cet autographe Champfleury ajoute sur l'autre page : « Je trouve même à cela un grand avantage (24 février 1874), il était très difficile de faire une bonne plaquette in-8 ou grand in-8 avec la composition de la *Chronique*; les remaniements nécessitent quelques frais. Avec l'*Artiste* vous aurez un beau format et de beaux caractères sans mise en pages. Si cela vous convient, envoyez-moi la planche et un petit mot aimable pour Houssaye que vous pouvez retrouver dans la vie. Quel tirage demandez-vous ? »

Et toujours le petit post-scriptum obligatoire sur le *Violon* : — « Ecrivez directement à l'imprimeur pour les épreuves, je vous prie. »

Malgré tout cela le Brevière ne passera pas non plus dans *l'Artiste*... Il est vrai que je retrouverai Houssaye plus tard comme Champfleury l'avait prédit... mais beaucoup plus tard, et voici comment : Aux fêtes du Centenaire de Corneille..... ou — anniversaire du deuxième déluge depuis la création. — le pauvre Arsène Houssaye, en tenue de soirée et en fins escarpins, a bien voulu accepter la moitié de mon parapluie. Nous sommes descendus bras dessus bras dessous la rue de la République sous l'averse effrayante et nous avons stationné ruisselants d'eau devant le bronze de David d'Angers. J'ai accompagné à la gare Saint-Sever, Arsène Houssaye reconnaissant et nous avons causé de Champfleury, cela va sans dire. Depuis l'auteur de tant de romans et de sonnets m'a envoyé un de ses petits volumes de poésie en me remerciant de l'envoi d'une de mes publications, il me déclare dans sa dédicace que « ses vers ne valent pas une minute de mon parapluie » tant le souvenir était vivace chez lui du service rendu et de l'abri miraculeusement trouvé.

Je ferme la parenthèse et déclare de suite que si j'ai

Mi-ki-ka

Croquis **inédit** pour une édition des « **Chats** »

retrouvé cette fois le Arsène Houssaye comme cela était écrit... je n'ai pas eu à le remercier, car l'*Artiste* n'a pas publié le Breviére qui fut plus tard édité à Rouen.

Je grave toujours entre temps les nouvelles planches pour l'Album de Langlois, et Champfleury les connaît presque au fur et à mesure de leur apparition... mais ici nouveau *lamento* sur le *Violon*.

Je vois avec plaisir (16 mars 1874) que votre série d'après Langlois marche et s'augmente; je voudrais pouvoir en dire autant du *Violon*. Je suis arrêté à chaque fin de chapitre par des difficultés qui deviennent des impossibilités, mais le détail serait beaucoup trop long à vous raconter. Je commence à prendre en horreur les livres illustrés, et principalement les livres en couleur. Notez que je ne suis encore qu'à la typographie et songez à la chromo ?

Avez-vous des nouvelles d'A. Houssaye? Je ne le rencontre jamais. Cela vient surtout de ce que je suis particulièrement interné à Sèvres le soir, et que, pour lui, la journée ne commence que le soir.

Rien de nouveau jusque l'ouverture du Salon. Nous comptons bien vous avoir à déjeuner aussitôt votre arrivée, surtout n'y manquez pas.

Et en post-criptum Champfleury donne encore ce jour-là un renseignement sur le Médaillon de M. Potier, dont il n'entend pas plus parler « que s'il demeurait à 200 lieues de la Manufacture. Mais je ne peux décemment pas peser sur ce brave sculpteur qui a charge d'âme sur les bras et qui, outre des travaux chez nous, doit répondre également à des commandes de commerce. »

Et en terminant il ajoute : « Ce Salon de 1874 me sera particulièrement insupportable, à l'idée que je vais être obligé de passer devant mon buste, un gros buste, qu'un cousin à moi m'a jeté à la tête et contre lequel je

me suis inutilement défendu. Imaginez-vous l'auteur de
Monsieur Tringle solennel et correct. »

Quelques jours après l'ouverture du Salon (5 mai 1874) :
« Mon cher Adeline, voulez-vous venir déjeuner jeudi à
11 heures, à cause des Commissaires-Priseurs, ou ce qui
serait mieux, dîner. Nous avons beaucoup à causer. »
Et, en effet, nous en avons dit de toutes les couleurs sur
cette interminable édition du *Violon* et aussi sur ce « gros
buste » que j'avais vu au Salon la veille et qui vraiment
n'était pas aussi exécrable que cela. L'œuvre d'Emile
Guillemin — un élève de J. Salmson — était froide... mais
surtout on l'avait pris en grippe. Ce buste était devenu
une véritable tête de Turc. Jamais l'homme, disait
Madame Champfleury, n'a eu cette physionomie sans ex-
pression. La malice de l'œil, le sourire moqueur, on n'en
trouve aucune trace. Ce « gros buste » insinuait Bracquemond de son air goguenard, est destiné à la Manufacture. — Oh ! — il sera un des plus « gros » motifs
d'ornementation de la façade de la nouvelle Manufacture.
Et lancés sur cette pente les plaisanteries n'en finissaient
pas.

Mais, il y a des œuvres qui vraiment n'ont pas de
chance. Après la mort de Champfleury, G. Gouellain et
moi, nous eûmes l'idée de provoquer entre amis une
modeste souscription pour ériger à l'auteur du *Violon* et
des *Bourgeois de Molinchart* — l'œuvre la plus complète
de l'écrivain — un petit monument bien modeste
aussi, soit à Paris, au Luxembourg par exemple, soit
mieux encore peut-être à Laon sa ville natale. Les frais
ne devaient pas être élevés, le buste existe déjà, dis-je,

dès les premiers pourparlers — le buste du Salon de
1874... mais nous n'en voulons pas. — Mais vous n'auriez
que les frais de la fonte. — Nous n'en voulons pas, nous
n'en voulons pas... Il n'y avait pas à insister.

Le plus drôle c'est que la ville natale de Champfleury
ne voulut pas non plus du monument. G. Gouellain vit
les personnalités les plus hautes de la localité, elles se
voilèrent la face avec indignation dès que cette proposition leur fut faite. Eriger un monument à Champfleury?...
répondirent-ils, jamais! jamais!... — Mais pourquoi ? —
Il s'est moqué de nous! Ah! c'est que la Province n'est
pas tendre pour ceux qui mettent en relief ses petits
travers. « Ce buste, mais il serait couvert de boue. »
« Les petits mordent. » Le mot est toujours vrai. J'ai déjà
dit quelques mots de cette haine de province dans la
Légende du Violon de Faïence éditée par l'aimable et
regretté Conquet.

Je le redis ici, les habitants de la ville de Laon ont
montré dans cette occasion des susceptibilités singulières.
Si vous avez parmi vous des types grotesques, chers
bourgeois, tant pis pour vous. Mais n'accentuez pas la
cocasserie de vos fantoches par vos basses rancunes, vous
n'aurez jamais les rieurs de votre côté.

A défaut, d'ailleurs, de cet honneur posthume, Champfleury reçut de son vivant des marques de sympathie qui
le touchèrent profondément. Et ce ne fut pas une des
moindres joies de sa vie que cette modeste Médaille de
la Société Protectrice des Animaux dont je le félicitai
dès que je vis parmi les lauréats le nom du bon ami des
chats.

Merci, cher Monsieur (3 juin 1874), de vous intéresser à ces petits incidents de la vie littéraire.

Voilà la *première fois* qu'une marque publique de sympathie et d'encouragement m'est donnée par un Corps quelconque dont je ne connais aucun membre. L'annonce de cette récompense m'est arrivée tout à coup et m'a d'autant plus étonné que, membre d'une Société protectrice des Animaux, je me serais. recusé comme indigne d'une telle faveur.

Le plus singulier en tout ceci, est que le livre (*les Chats*) est complètement épuisé et que l'éditeur en a assez de sa vieille maîtresse. Je ne dis pas toutefois qu'il restera sur le carreau. Cependant, si j'étais riche, je ne le réimprimerais pas, lui laissant l'honneur d'atteindre dans les ventes de gros prix. Mais j'ai une diable de famille qui ne permet pas que le chat dorme et pour produire quelques nouveaux travaux à loisir, j'essayerai de faire travailler encore une fois ces chats.

Votre offre est trop aimable pour que je n'en profite pas à l'occasion. Y aurait-il moyen de voir quelques croquis de votre ami, afin que je les soumette à divers éditeurs auxquels je vais offrir une nouvelle partie de chats?

J'ai failli, lors de votre dernier voyage, vous rencontrer chez Darcel, du moins le jour où j'y dînais on recevait votre carte, ce qui m'a donné occasion de dire tout le bien que je pensais de vous.

Quand un ou deux spécimens de votre rue seront gravés, je vous ferai part de la combinaison qui me semble la meilleure.

Et le post-scriptum traditionnel est toujours lamentable — pour le pauvre *Violon*.

« Une nouvelle épreuve du *Violon* que je viens de recevoir m'a fait encore une fois retomber à l'intérieur de l'instrument par les *f*. C'est la plus cruelle des prisons qu'on ait jamais bâtie. »

Les deux vues projetées ce sont deux vues de l'Eau-de-

Robec, et les dessins sont des croquis de l'ami Zacharie, un peintre du plus grand talent. Mais tout cela Histoire de l'Eau-de-Robec et édition des chats avec dessins de P. Zacharie est resté à l'état de projets.

Ph. Zacharie, un artiste peintre rouennais, devenu depuis cette époque, tout le monde le sait, sans égal pour enlever « le morceau », est aujourd'hui un peintre dans la plus belle acception du mot. Malheureusement les croquis de chats qu'avait bien voulu me faire l'ami Zacharie et qui sont envoyés de suite à Champfleury, arrivent dans un moment épouvantable.

Champfleury avait alors deux enfants, une petite fille espiègle et charmante, un garçon « le terrible Champ-Champ », bruyant au possible et d'un esprit diabolique. Les deux enfants, laissés seuls un instant, ont-ils joué avec des allumettes ? Toujours est-il que la petite fille, horriblement brûlée, expire en quelques heures.

J'ai enterré ma petite fille hier, cher Monsieur (26 juin 1874). La mère est dans une grande douleur. J'ai essayé de la combattre le même jour en travaillant ; je n'ose dire que j'ai bien vu les dessins que vous m'avez envoyés et que j'ai reçus, je crois, en revenant du cimetière.

Nous nous laissons beaucoup trop aller, en France, à nos chagrins. Il me semble que j'ai lu que les Anglais et les Américains reprenaient aussitôt leur fardeau. Et c'est ce que je tiens à faire. On peut se souvenir longtemps, toujours, sans cesser de travailler.

J'ai remis aussitôt de l'ordre dans mes papiers de bureau et j'ai vu qu'il manquait à la Bibliothèque du Musée trois brochures concernant à la fois la Céramique et la Normandie. J'essaie de combler mes desirata, ayant à cœur de publier une *Bibliographie analytique de la Céramique* et je vous serai très obligé de charger le successeur de M. Le Brument de me procurer ces brochures.

Baudry, que vous connaissez, doit bien en trouver une des siennes; j'y tiens beaucoup, dites-le lui. Ce n'est pas seulement pour le Musée, c'est pour tous qu'une collection doit être complète.

Le médaillon Potier est fait, il n'a plus besoin que de quelques retouches.

J'ai reçu votre journal avec les photographies du Musée que je conserve précieusement; tout ce qui vient de vous m'intéresse.

Le *Brevière* qui avait paru accueilli d'enthousiasme — n'a pas passé dans l'*Artiste* : travail trop long, artiste provincial trop peu connu, trop catalogue, etc., et autres motifs de ce genre, j'ai pris un autre parti..., je l'ai déjà dit, mais Champfleury n'est pas content.

La jolie eau-forte qui est en tête de Burns (6 août 1874) devrait faire rougir de honte Arsène Houssaye qui a repoussé, sans y rien comprendre, votre travail sur Brevière. En le faisant, vous aviez obéi aux règles précises de l'école du document; j'ai peut-être, en essayant de vous être agréable, été bien léger..... Mais consolez-vous de ces misères. Elles enveloppent constamment et de toute part, les artistes et les poètes, il faut les crever et ne pas s'en préoccuper plus que de bulles de savon.

La jolie composition, en tête de Burns, montre que vous êtes en progrès et qu'à vos qualités naturelles vous joignez une clarté, une précision que donne l'étude.

J'ai toujours beaucoup aimé les poèmes de Burns, il a été un trait-d'union entre la poésie populaire et la poésie des villes. Aussi vais-je lire à mon premier moment de liberté, la traduction de M. Richard de la Madeleine. Elle me rappelle une facile existence de 1848, qui est l'année où je fis connaissance des œuvres du poète.

Le livre est élégant, bien imprimé, et c'est une bonne

idée que d'y avoir joint une Eau-forte qui, avec Burns, re-
trace spirituellement son pays, ses pensées.

Puis un terrible — mais pas nouveau lamento — sur
le *Violon*.

Le *Violon* me fera mourir par ses difficultés. Je viens d'en
jouer un air ce matin, c'est-à-dire d'ajouter quatre pages à
un chapitre pour ne pas ruiner mon éditeur en chromo. Il
n'y avait pas assez de matière : j'en ai refait trop. Faire,
défaire, défaire, faire. Tout mon hiver se sera passé ainsi en
épreuves de quatre volumes. Je n'ai rien pu écrire de nouveau, j'en suis tout triste, car la vie ne m'intéresse un peu
que quand je me conte à moi-même quelqu'histoire.

Et Champfleury revient en terminant sur le Brevière.

Je n'ai pas encore repris le manuscrit aux mains de Houssaye et j'en suis bien aise. Je compte lui montrer le Burns
et lui faire comprendre combien il a eu tort de ne pas s'attacher un artiste de votre avenir.

Ici se place un événement assez important — et le 21
août 1874 je reçois de Sèvres cette lettre :

La nouvelle que vous m'annoncez m'a fait grand plaisir,
cher Monsieur Adeline; les artistes, quand ils sont bien trem-
pés et qu'ils ont la pleine possession de leur talent, peuvent
obéir à la loi générale et se marier.

Pourrais-je assister à la célébration de votre mariage ainsi
que je le souhaite? c'est ce dont je n'ose répondre encore ;
j'ai pris bonne note de la date et je tiens à vous donner cette
marque d'amicale sympathie. L'envers est que je peux être
pris tout à coup par un service forcé administratif et qu'en
même temps, depuis l'événement qui m'a enlevé un enfant,
j'éprouve des inquiétudes nerveuses que le temps est loin
d'affaiblir. Je travaille et vaque à mes affaires habituelles; je
n'en subis pas moins le contre-coup de douleurs maternelles
que je sens vives et profondes.

Madame Champfleury vous remercie bien de l'avoir asso-

ciée à votre invitation; elle a un fils en vacances et sa famille près d'elle qu'elle ne peut quitter.

S'il y avait une modification dans le 7 septembre, veuillez,
je vous prie, cher Monsieur, m'en aviser. D'ici là je peux
avoir recouvré plus de tranquillité et vous accompagner
avec la figure qui sied dans cette cérémonie.

Mais, le deuil était vraiment trop récent, la veille du
mariage (6 septembre 1874) je recevais le petit billet
suivant :

Félicitez-vous, mon cher Adeline, de ne pas voir aujour-
d'hui mes inquiétudes et mon reste de chagrin.

Je me suis bien tâté avant de renoncer à assister en ami
à votre bonheur. Vous savez que je n'aime pas à porter de
masque. Il m'eût fallu trop oublier et je ne le puis encore.

Présentez mes compliments à Madame Adeline et dites-lui
combien nous serons heureux, à votre prochain voyage, de
vous recevoir tous les deux.

Quelques jours passés à Sèvres à la vieille manufacture. Madame Champfleury, très aimable, veut à toute
force faire visiter en détail tous les ateliers si pittores-
quement délabrés alors. Celui surtout où l'on prenait un
malin plaisir à faire réduire en miettes — et ce n'était pas
difficile — des tasses ultra fragiles que l'on mettait entre
les mains des visiteuses, exerçant même au besoin une
légère pression sur les doigts pour jouir de la stupé-
faction et de l'effroi des spectatrices. Champfleury nous
suit — non pas en habitué de la maison — mais en dé-
clarant cocassement « qu'il n'était jamais passé par là. »
Au déjeuner, Champ-Champ, toujours joyeux, a des airs
de gaieté et des velléités d'imitation d'homme orchestre
qui lui valent cette semonce paternelle : « Champ-Champ,
on n'est pas à table pour jouer du trombone ! »

Le soir, on nous reconduit au bateau, après avoir traversé tout le parc de Saint-Cloud et cette journée, ne nous laissant à tous que de bons souvenirs, semblait avoir resserré encore les liens de notre amitié.

Mais peu après nouveaux tracas.

Accablé d'abord de travaux, mon cher Adeline (20 novembre 1874), je me suis rendu très soucieux à les regarder et les soucis ont engendré une maladie qui n'est pas encore tout à fait terminée.

J'ai d'abord à vous remercier du dessin des stalles qui sont très finement dessinées. — (Ces dessins étaient la reproduction des deux miséricordes de *Saint Etienne des Tonneliers* qui devaient plus tard figurer dans les *Sculptures grotesques*) — Mais ces motifs ont trait à des corporations d'ouvriers et point à une raillerie quelconque. Je vous les renverrai à l'occasion, car je ne veux pas vous priver de croquis si exacts qui méritent d'être reproduits un jour.

Ma femme vous remercie de la photographie qui va entrer dans l'Album des amis et nous avons appris avec plaisir que le petit voyage s'était bien passé.

Les chromos du *violon* très bien venues en épreuves, il faut espérer que l'adaptation à la typographie ne réussira pas moins. Nous ne publierons guère avant avril et nous chanterons en ce joli mois un hosannah en l'honneur de l'Aquafortiste qui a mis dans ses procédés autant de délicatesse que dans sa pointe.

A bientôt. Pensez-vous toujours aux splendeurs Eauderobecquales?

Chose singulière, Champfleury et moi nous avons parlé cent fois de ce projet d'une monographie de l'Eau-de-Robec, nous nous sommes préoccupés cent fois du plan de l'ouvrage, des documents à consulter, des illustrations à combiner, de la forme même de ces vignettes... et finalement rien n'a été fait, et il va encore en être question dans le billet suivant :

Merci de votre bon souvenir, mon cher Adeline (31 décembre 1874). Les estampes que vous me signalez, je dois en effet en connaître la plupart. Cependant il faudra voir — lorsque nous ferons des études pour l'Eau-de-Robec. Je suis justement plongé dans des images analogues à celles que vous me signalez. Le *Musée de la Caricature* je l'ai; mais les fac-similé sont médiocres et je crois que pour plus d'exactitude dans ces réductions de reproductions, je vais avoir recours à la Photographie au Cabinet des Estampes, si j'en obtiens la permission.

J'avais toute raison de penser à vous aujourd'hui, car en même temps que votre lettre, je recevais la notice de M. Ch. Lormier (*Chansons de Poirier le Boiteux*) — avec vos très jolies illustrations. Voilà une plaquette qui fera honneur à Rouen de toutes façons et je pensais que ce système pourrait être appliqué en partie à l'Eau-de-Robec.

Il faut bien poser les bases de ce petit édifice avant de le décorer; vous le savez mieux que moi, vous qui avez étudié la pondération, les lois de l'espace, la division ornementale, toutes choses dont je rêve maintenant que je fais partie de la commission de perfectionnement de la Manufacture avec MM. Duc, Guillaume, Lameyre, Galland, etc. Un peu de sang architectural est passé dans mes veines et autant que possible j'en profite pour l'appliquer à l'ordre en toutes choses.

Le temps passe toujours et le Violon qui devait paraître en Avril! Champfleury me demande le dessin colorié d'un saladier « au Père Duchène » appartenant au Musée de Rouen pour la nouvelle édition des *Faïences patriotiques* — et (6 juin 1875) « rien de nouveau pour le *Violon* qui n'avance pas, chaque visite de l'imprimeur amène un embarras et je ne peux dire encore comment on s'en tirera. » Mais le Centenaire de Boieldieu a fait parler de lui et les bruits orphéoniques ont exaspéré mon excellent ami.

Avez-vous assez de Boieldieu ? mon cher Adeline. Je vous ai plaint, car je ne sais rien de plus ennuyeux pour un travailleur, que de voir sa ville, envahie par des orphéonistes, des pompiers ou toute autre réunion savante, qui se rue dans les rues, prend votre place au café, s'empare de vos trottoirs et au besoin de votre logis. A Paris ces groupes de badauds se noient dans la grande badauderie de la ville, mais en Province.

Non, les Conseils municipaux ne savent pas quels torts ils font à leurs grands hommes en décrétant de semblables fêtes.

J'ai reçu votre brochure archéologique — (Le Tréport et l'Eglise d'Eu) — et en la lisant je me rappelais l'heureux temps où je suivais les tournées de M. de Caumont dans votre pays.

Avec vos connaissances en architecture, vous pourriez, de temps en temps, donner un mémoire semblable à celui ci, en insistant sur le point de vue archéo'ogique dans vos notes et vos croquis. Vous feriez ainsi, en quelques années, un volume curieux sur la Normandie, surtout en vous attachant à la monographie d'un monument.

J'ai reçu le dessin du saladier, je vous en remercie. L'inscription est particulièrement curieuse, et c'est la seule fois que je l'ai vue.

Le *Violon* va peut-être rendre sous peu quelques sous chez Lemercier; mais quels grincements de cordes avant d'arriver à jouer juste.

Excusez-moi, mon cher Adeline (31 mars 1875). d'avoir tardé à répondre à votre lettre : les tracas administratifs, des affaires urgentes en ont été la cause...

J'avais un remords constant en pensant à vous ; mais je n'avais plus votre lettre qui était allée s'engouffrer dans l'océan des papiers que je garde, et si j'ai pris note du *Ladureau*, il m'a été impossible de me rappeler ce que vous désiriez que je fisse au journal l'*Art*.

Ne me tenez pas rancune et veuillez me dire, je vous prie, de quoi il s'agit. Je verrai M. Véron, le Directeur.

Je vous prie d'attendre ce farceur de *Ladureau* une quinzaine. J'ai été obligé avant hier de faire la moitié de Paris pour m'en procurer un exemplaire pour la réimpression. L'excessive indignation de la critique pudibonde a eu pour résultat de faire vendre l'édition en un clin d'œil. Le premier exemplaire du nouveau tirage est inscrit à votre nom.

Demander aux Revues et aux Journaux d'Art des articles pour l'Album de Langlois, ce fut encore un projet qui ne devait pas aboutir, et pourtant Champfleury se dépensa encore sans compter en marches et démarches.

En même temps que cette lettre (27 avril 1875), vous devrez recevoir un *Ladureau* que je mets à la poste.

Je n'ai pu voir M. Véron, Directeur de l'*Art*, pour votre affaire, il était en voyage.

Quant aux prospectus relatifs à Langlois, la marche suivie par l'auteur n'est pas la bonne. Vous ne trouveriez pas de journal faisant des annonces d'avance sur le simple vu d'un prospectus. Les critiques sont déjà aussi rares que le merle blanc quand on leur a envoyé un ouvrage complet.

Le mieux serait d'envoyer trois séries pareilles d'un choix de planches qui pourraient être reproduites par la *Gazette des Beaux-Arts*, l'*Art*, les *Beaux-Arts*, d'Arsène Houssaye.

Les trois directeurs de ces publications choisiraient une planche *inédite* (c'est-à-dire avant la publication), qui pourrait leur convenir, et une note ou un article en découlerait naturellement.

Je ne connais pas d'autre moyen de publicité.

La première livraison du *Rouen Disparu* prend naturellement le chemin de Sèvres dès son apparition, car j'aurais bien voulu avoir quelques lignes de préface.

Par nécessité d'une imprimerie qui ferme le 15 septembre, je suis condamné, mon cher Adeline (23 août 1875), à faire tirer quand même une deuxième édition de la *Caricature au Moyen-Age*, TRÈS AUGMENTÉE, avant la fermeture de l'imprimerie.

Joignez-y une édition également augmentée des *Faïences Patriotiques*, forcée de paraître en octobre.

De grands articles pour l'*Art* et la *Gazette des Beaux-Arts*.

Un roman qui va paraître dans l'*Événement*.

Encore un volume de réimpression, *Caricature République*, qui manque depuis six mois en librairie.

Et pour couronner le tout, le déménagement du Musée qui commence demain, forcément (contre l'architecte avec qui nous sommes en délicatesse). Est-ce assez de besogne que 20,000 pièces fragiles à classer, brochant sur cette autre besogne?

C'est vous dire que je n'ai pas une minute dans ce moment, et qu'une lettre précédant votre publication serait sans portée ou insignifiante. Réservons tous nos efforts pour la *fameuse Rue*, et essayons d'en faire un travail intéressant? Voilà le plus important. Une lettre d'adhésion d'un être faiblement archéologue n'aurait aucune valeur; vous devez, je crois, voler de vos propres ailes dans ce travail, et ne connaissant ni le pays ni les antiquités, je ne pourrais le faire précéder que de banalités.

J'espère que vous ne verrez ni paresse ni mauvaise volonté dans ce que je vous exprime en toute franchise et que vous m'excuserez...

... Enfin !!!!!! on tire la première partie du *Violon*!!!! Si le succès répond au retard ! quel succès !!!!

Le *Rouen Disparu* s'annonce bien, et les eaux-fortes si fines m'allèchent pour l'Eau-de-Robec.

Hélas ! En aura-t-on parlé de cette monographie de l'Eau-de-Robec, et jamais il ne sera rien fait. Il y a des tas de choses dont on parle toujours et qu'on n'exécute jamais, et par contre, il en est d'autres qui sont presque exécutées avant d'en avoir touché deux mots... même aux plus intimes.

Champfleury suit d'ailleurs mes travaux — en me tenant toujours au courant du *Violon*.

Vous êtes infatigable, mon cher Adeline (2 octobre 1875). Je n'entends parler que de vous dans les journaux à propos de l'inauguration de votre monument commémoratif. — (Le Monument de la défense de Toul).

Vous entassez brochures sur gravures. Les Rouennais doivent être fiers de vous, ou ce sont des ingrats.

Vienne le *Violon*, et on chantera vos louanges sur toutes les cordes. *Retardé* encore ; mais l'impression chromo est parfaite.

M Dieusy m'envoie encore de vos nouvelles avec sa publication sur Langlois. Vous trouvez encore le temps d'illustrer les Andelys.

Remerciez, je vous prie, pour moi, M. Baudry, de la permission qu'il vous a donnée de m'envoyer, avec un spirituel croquis, un renseignement fort utile. Nous reparlerons de cela à l'occasion.

Plus je bouquine, plus je m'aperçois combien Rouen fut riche en imaigiers pour l'ornement des livres. Voilà pour vous une publication à tenter : *La Xylographie Rouennaise*.

Le *Rouen Disparu* est terminé — ou à peu près (21 février 1876), mais Champfleury a cru que je reproduisais des anciennes gravures... ou des anciens dessins.

Si j'avais, mon cher Adeline, à graver d'anciens monuments disparus, je voudrais, autant que possible, reproduire *strictement* d'anciennes gravures ou peintures, c'est-à-dire dans l'esprit du temps passé, avec la même simplicité et sobriété de moyens.

Je trouve vos eaux-fortes trop ingénieuses et malicieuses pour les lourdeurs architecturales du passé. Ou alors, soyez grave et simple comme Méryon, qui est pourtant un moderne.

Un tel système dépend, il est vrai, des sujets à traiter ; mais l'architecture est un art grand et austère.

Voilà, mon cher Adeline, les réflexions que m'inspire votre ancien Rouen ; prenez-les en bonne part. Elles sont la preuve de la sympathie que je vous témoigne et du courant qui doit atteindre l'eau-forte prochainement.

Moins de petits travaux, de curiosités de pointe. Cherchez les grandes lignes et ne vous préoccupez pas du détail.

Le *Violon* est imprimé aux deux tiers. Dans deux mois nous sonnerons quelques fanfares en votre honneur.

Connaissez vous, par hasard, M. *E. Coquatrix*, à Rouen, ancien poète, actuellement négociant, je crois. Il a fait imprimer en 1865 un volume : *Normandie*, tiré à 50 exemplaires. Ce n'est pas le volume que je recherche, mais le portrait qui est en tête. Comment faire pour se le procurer?

Les meilleures amitiés d'un homme malade et à peu près couché depuis deux mois.

Le *Brevière*, on l'a déjà vu plusieurs fois, renvoyé d'une publication à une autre... comme une simple balle élastique, va être publié tout de même... mais à Rouen.

Publié d'abord en feuilleton dans le *Tam-Tam*, il s'est transformé en un petit volume. Mais, en tête de ce volume, une dédicace est nécessaire... et cette dédicace je la soumets à Champfleury. Elle lui était bien due, il s'était donné assez de mal pour ce petit travail, alors moins important, il est vrai, mais dont le Portrait Frontispice, on l'a vu, était gravé depuis longtemps.

De grand cœur, mon cher Adeline, j'accepte la dédicace, et je souhaite qu'elle porte bonheur à votre travail.

Voulez-vous savoir où j'en suis avec l'*Art*, la *Gazette des Beaux-Arts* et les autres journaux où je publie des romans actuellement.

Notez, qu'à part deux mois dans mon lit ou renfermé, je peux me transporter facilement à Paris, ou y envoyer ma femme au besoin.

1º Les journaux politiques... me forcent à des retards, à des colères qui conviennent médiocrement à un homme succombant déjà sous le poids du travail.

2° Je me brouille avec la *Gazette des Beaux-Arts* parce que j'écris à l'*Art*.

3° L'Américanisme semble la règle du journal X. On ne voit pas le Rédacteur en chef. C'est un homme pratique plus qu'un artiste. Tout se fait à la diable, gravures, etc. Pas de plans — 300,000 fr. à dépenser par an en pure perte. Lundi dernier j'ai failli envoyer un huissier pour interdire la publication d'importants articles pour lesquels on m'envoyait les épreuves avec injonction de les corriger dans la matinée.

Voilà où en est le journalisme actuel. Ce n'est que le commencement.

Pensez donc dans quel guêpier, vous qui travaillez sérieusement, et à quels hommes vous auriez affaire.

Ceci n'était pas pour m'encourager à perdre mon temps en démarches de toutes sortes près les Directeurs des Revues parisiennes. Je me retournai donc avec acharnement sur les publications locales.

Mais un nouveau deuil va frapper Champfleury cruellement, Madame Champfleury vient d'être enlevée rapidement.

La lettre du 4 octobre 1876 est bien triste — pourtant au milieu du chagrin — les préoccupations de la monographie de l'Eau-de-Robec reviennent encore.

Je suis cruellement éprouvé, n'est-ce pas, mon cher Adeline? Et cependant, il y a des jours où je supporte cette séparation ; mais d'autres sont pénibles.

J'aurais besoin de repos, et cette perte me plonge dans des embarras matériels de toute nature, qui me laissent aux prises avec une suite de voyages, deux déménagements, l'ordre à mettre dans ce qui est devenu désordre, travaux interrompus, lettres administratives, sans consolations maintenant, fils à élever qui devient délicat, et dont les bains de mer ont troublé l'organisme.

*Croquis **inédit***

Tout cela amène des pertes d'un temps précieux dont j'ai tant besoin, et mon intérieur est bien vide d'amitié et de consolations.

Enfin !

Avez-vous vu dans le dernier numéro de la *Gazette des Beaux-Arts* un article, les *Cinq Violons de Faïence*, qu'on m'avait demandé pour servir de cadre à des gravures faites par le journal ?

Lisez-le. Ce sera un des chapitres de la Rue Eau-de-Robec si vous donnez suite à votre idée. On me prêterait à la *Gazette* les clichés ; j'y ajouterai également le chapitre sur les *Assiettes à Musique*, et une partie du volume serait ainsi complétée.

Est-ce que votre notice sur le graveur est publiée ? Je l'ai vue annoncée dans le *Journal de la Librairie*.

Je dois aller un de ces jours à Rouen visiter le Muséum d'Histoire Naturelle, avec le docteur Pennetier.

Le volume sur Brevière n'était encore qu'annoncé, et je soumets encore une fois l'épreuve de la dédicace.

Je serais bien difficile si je n'acceptais pas de tout cœur cette dédicace. Elle est d'autant meilleure pour moi qu'elle témoigne que j'essaie, autant que possible, de suivre le mouvement artistique, qu'il se produise à Paris, en province ou à l'Etranger.

Le Brevière paraît — avant le Violon — et Champfleury le recevant (29 octobre 1876), me donne son appréciation... mais ne s'enthousiasme pas pour Doré.

J'ai reçu votre beau livre, mon cher Adeline, il a un aspect de bibliophilie des plus attirants, et je vous remercie d'avoir rattaché mon nom de presque Picard à celui d'un brave graveur absolument Normand.

Le vieux X...., quoique libraire, était assez peu connaisseur dans ces matières artistiques ; on a beaucoup parlé de ses travaux, les uns pour se recommander à ses tendresses d'éditeur, les autres à cause du nom ancien qui patronait la marchandise.

L'homme était riche, à la tête d'une importante maison, collectionneur de manuscrits à vignettes d'un gros prix, mais faiblement érudit. C'est pourquoi vous avez bien fait de relever ses erreurs.

A d'autres époques, le père Brevière eût laissé des planches d'un intérêt vraiment artistique ; l'*Illustration* rapetissa ces ouvriers, et quand apparut cet *abominable* Doré, tout fut fini. J'ai ces sortes de dessins en horreur.

On peut être très ami, et ne pas tout voir du même œil. J'ai toujours admiré les dessins de Gustave Doré, et j'ai même essayé de le défendre près de Champfleury. Je dois avouer que je n'ai jamais réussi à le convaincre. Les partis pris violents de blanc et de noir m'ont toujours séduit... je crois l'avoir prouvé... mais les effets de lumière fantastique n'avaient aucun charme pour Champfleury, et pourtant j'ai vu chez lui des usines de François Bonhommé — dit le Forgeron — un peintre-lithographe peu connu, il faut le dire... mais que Champfleury admirait fort, et il avait raison... et qui, lui aussi, avait su donner des aspects étranges aux hangars de forges, aux chantiers immenses, aux cheminées colossales vomissant une fumée noire déchiquetée noyant l'ensemble dans des vapeurs transparentes que déchiraient çà et là quelque rayon de lumière s'échappant d'un fourneau, projetant sur le sol les ombres gigantesques de chauffeurs minuscules aux attitudes contournées.

La planche du volume qui me plaît le plus, continuait Champfleury, est celle d'après Gros. On n'a rien fait de mieux en gravure sur bois.

La vérité est que ce bois était un « zinc »... mais un

zinc *bien avant le gillotage* et obtenu par un procédé
tout autre, et sinon découvert par Brevière lui-même,
au moins très perfectionné par lui, ainsi que je l'ai dit
dans le petit volume qui avait été fait surtout en relevant
dans les cartons d'Alfred Baudry des annotations mises
par Brevière lui-même sur de nombreux fumés ou
épreuves d'essai. Mais ces notes n'étaient pas toujours
exactes, la mémoire ayant sans doute fait défaut au graveur, j'avais relevé : Vignette gravée pour *Don Juan de
Marana*, ROMAN par Alexandre Dumas, Champfleury
m'écrivit très justement d'abord : « Ce Roman est un
Drame du meilleur temps romantique, et le drame ne
contient aucun bois de Brevière, il y a là une confusion
que je vous signale. J'ai voulu vous montrer que j'avais
lu votre livre tout entier et le cas que je faisais de cette
belle édition... » et cela se terminait par l'inévitable ri-
tournelle « Violon peut-être encore retardé ». Il en était
question depuis *trois ans !* Mais enfin, en 1877 ! le Violon
va paraître.

Je suis surchargé de travaux et d'indispositions continues
(20 février 1877), et depuis quelque temps même, ma santé,
déjà délicate, a reçu des assauts réitérés qui me mettent
parfois dans un état névralgique général, aussi désagréable
que fatiguant.

ENFIN, LE VIOLON AVANCE. J'espère que *fin Mars* vous le
verrez arriver avec de gaies colorations et vos deux pré-
cieuses eaux-fortes. Mais quelle fantaisie typographique rui-
neuse pour tous ! Et quelle heureuse chance de n'avoir pas
à en redonner une 2e édition ! Car le livre fait et vendu dans
le mois — ce qui est fort possible, impossible de recommencer, sinon avec les mêmes efforts, dépenses et perte de
temps — et peut-être plus d'acheteurs. Car le Violon ne

coûtera pas moins de 25 fr., mais un an après il en vaudra 50. Si donc vous connaissez des amateurs de ces sortes de livres, prévenez-les qu'ils aient à souscrire vite à une publication exceptionnelle que, pour le salut de mon âme, je ne recommencerais plus.

Vous avez pris, avec vos publications successives, une bonne place en Normandie, et la ligne que vous suivez est bien architecturale, c'est-à-dire rigoureusement droite.

Je voudrais pouvoir en dire autant. Je suis bien détourné depuis plus de deux ans de mes Contes, et il a fallu des coups de pioche excessifs dans ce sens, avant mon entrée à la Manufacture, pour que je pusse ne pas me faire oublier tout à fait comme romancier.

Je vous ai envoyé dernièrement la *Petite Rose*, je souhaite que cette aimable personne ait été bien reçue dans votre intérieur.

Entre autres nouvelles ou romans en préparation, Champfleury ayant besoin d'étudier quelques animaux... avait toujours projeté une visite au Muséum de Rouen.

Connaissez-vous le Directeur de votre Muséum d'Histoire Naturelle, M. Pennetier? C'est un naturaliste philosophe remarquable. Je voulais visiter votre Muséum en sa compagnie. Impossible d'avoir un rendez-vous, quoique je sois en relations par lettres avec lui. J'ai pourtant grand intérêt à aller à Rouen dans ce but. Pourriez-vous voir M. Pennetier de ma part, et vous charger de lui transmettre ma requête.

Encore un voyage à Rouen qui reste à l'état de projet. Chose curieuse, Champfleury avait cru le Brevière paru quand il ne l'était pas encore, c'est moi, au contraire, qui lui annonçais de Rouen, que le fameux Violon était mis en vente, alors qu'il ignorait tout encore.

Les libraires de Rouen, mon cher Adeline, sont mieux servis que vous et moi (4 mai 1877), c'est *par vous seulement* que j'apprends la mise en vente du *Violon*; je savais qu'il devait paraître. Je croyais à votre arrivée immédiate et j'espérais avoir le plaisir de vous remettre votre exemplaire en mains propres, car il ne faut pas penser à l'envoyer par la poste, vu la salissure, ou les amateurs qu'il pourrait séduire en route.

Maintenant, pour ne pas vous faire attendre plus long-temps, j'ai écrit ce matin à Dentu et je vous ferai envoyer le volume par chemin de fer.

Merci pour vos bonnes offres relativement à Monnier. Je n'ai besoin que d'un fac-similé à la manière noire tirée en bistre; il s'agit d'un dessin merveilleux de véritable maître. Vous ne pouvez connaître Monnier — dessinateur; on ne le connaissait pas, et lui-même ne connaissait pas ses fortes facultés. Les reproductions de la *Gazette* sont relativement très faibles et assez mal choisies. J'aurais donné une bien autre idée du dessinateur si la direction m'avait laissé faire. Je me rattraperai dans le volume et je montrerai ce brave Monnier sous son véritable jour.

Le portrait de Madame Henry Monnier aurait besoin d'être gravé en fac-similé par des moyens que je ne connais pas, *à la roulette*, je crois, ainsi que le croquis dont je parlais; mais malgré votre obligeance, je ne crois pas -- ou je ne vois pas dans votre œuvre d'essai de *vernis mou* (je ne sais si je m'exprime techniquement), semblable à ceux qui sont nécessaires.

Prévenez-moi toujours de votre arrivée et présentez toujours, je vous prie, mes compliments à Madame Adeline.

Les visites au salon de Paris furent pendant de longues années d'excellentes occasions aussi de visite à Sèvres. Champfleury, resté seul dans la petite maison, nous y reçut bien souvent à déjeuner tous deux. Installés dans ce salon — salle à manger — cabinet de travail — que l'Eau-forte de Manesse reproduit en partie d'après le portrait aquarellé de Paillet — un artiste de la manufacture — qui fut publié dans le *Livre* — servi par une vieille bonne « Rose » que le maître du logis appelait énergiquement d'une vocifération étrange. Nous avons causé là de mille et une choses assez drôles, non sans jeter de temps à autre quelque regard sur ce petit modèle du vase commémoratif de l'Indépendance américaine, que Champfleury appelait bravement le « Radis gris » même devant l'auteur (Bracquemond), qui d'ailleurs était aussi un ami des plus intimes.

Rentrant à Paris par le bateau, on allait ensuite faire un tour aux Champs-Elysées et Manet lui-même — un autre ami — n'était pas toujours épargné; Champfleury aimant souvent à baptiser d'un titre drôlatique les œuvres les plus connues. Tel le tableau célèbre : personnages regardant derrière une grille qu'il appelait irrévérencieusement la *Cage aux Ours*. C'est à ce moment que se place la publication des *Sculptures grotesques* dont j'ai formé un exemplaire unique par la réunion des dessins autographes et manuscrits de Champfleury. Ce furent d'ailleurs ces dessins qui inspirèrent à Champfleury l'idée de me demander un dessin de cette nature pour un de ses volumes consacré à l'Histoire de la Caricature.

J'ai, mon cher ami, un service à vous demander (14 janvier 1879,. Il s'agirait d'avoir une bonne reproduction à la plume de la Stalle de Rouen qui représente la *Dispute de la Culotte*, c'est-à-dire un homme et une femme tirant chacun à soi l'apanage de l'autorité en ménage.

Pour bien faire comprendre la disposition des *miséricordes*, je serais tenté de donner dans une *Histoire de la Caricature*, les montants et les supports de la stalle tout entière et alors il serait bon d'avoir un dessin très peu chargé de traits de format *grand in-8°*. La réduction par le procédé Gillot gagne à être exécutée d'après un grand dessin.

J'ai bien une gravure de cette stalle dans l'*Histoire de la Caricature* de Wright; mais je ne veux pas en donner une copie; non plus je ne tiens pas à puiser le motif dans les stalles de Langlois; il a apporté dans certains de ses dessins, la manière de la Restauration qu'il est bon d'éviter quand on peut copier le monument.

Je crois que l'encadrement du sujet avec les boiseries de la stalle rajeunirait le dessin un peu connu.

Les stalles de Rouen sont du xvi° siècle, n'est-ce pas? N'oubliez pas de me le faire savoir.

J'ai appris indirectement que Darcel se plaignait de n'avoir pas reçu votre livre des *Sculptures grotesques*. Il aurait fait un article, a-t-il dit.

Et faisant allusion au peu de générosité du service d'auteur, il ajoutait drôlatiquement :

J'étais certain d'en obtenir un de l'*Art*. Singulier homme que votre éditeur, qui ne veut pas qu'on parle de ses publications.

Quant à ce qui touche l'exemplaire de Viollet-le-Duc, je ne saurais non plus accepter les récriminations de l'éditeur. En ajoutant la lettre, j'ai cru montrer que vous répondiez directement à des conseils partis de haut. Ce volume était dû, il y avait pour vous intérêt à envoyer votre publication à un artiste de cette importance.

Champfleury prêchait un converti, et pourtant s'il avait vu les larmes, dont l'éditeur et sa femme arrosaient le paquet des dix exemplaires que j'eus tant de peine à obtenir !

L'article de M. Souchières était bien fait; mais il ne constitue pas la *publicité* à laquelle a droit un homme qui s'est donné du mal pour publier un travail important, qui est sans doute peu rémunéré, et qui demande à être jugé par des pairs. De ce côté, vous me paraissez timide, et il est utile de traiter de haut le marchand quand il prétend vous enlever le bénéfice intellectuel auquel vous avez droit.

Je n'ai pas pu voir encore Victor Hugo qui est, me dit-on,
fort affaibli. Je tenais à lui remettre le volume moi-même et
à en causer, monuments sous les yeux, avec un poète qui a
regardé les cathédrales et doit en avoir conservé des points
de vue. Je vais toutefois lui écrire en attendant.

Mon frère doit reprendre la question à son origine, il
m'écrit qu'il fallait remonter plus en arrière pour trouver
les bizarreries-types. Je vous tiendrai au courant de cette
discussion archéologique qui aura son intérêt pour vous.

J'ai reçu, mon cher ami, votre dessin de stalle (25 février
1879). Il est excellent et la reproduction viendra parfaite.

Je vous remercie des indications que vous voulez bien
m'envoyer, mais Wright les ayant données, je ne crois pas
pouvoir m'en servir.

Hier, rencontré Baudry, je lui disais qu'il devrait bien
publier avec vous l'histoire de l'Imagerie Rouennaise ; mais
il m'apprend ce que je ne savais pas, que les fameux Almanachs royaux de Rouen qui contiennent des bois curieux
sont rarissimes et ne se trouvent pas à la Bibliothèque de
Rouen.

Je vous engage, à votre prochain voyage à Paris, à voir
ces raretés à la Bibliothèque de l'Arsenal. Cela en vaut la
peine.

M. Augé s'est décidé bien tard à ce que je vous avais
conseillé au début ; au premier jour, je verrai ces Messieurs
et j'échaufferai leur zèle s'il en est besoin.

Je suis mort de fatigue, ayant eu à parler (moi un personnage du coin de feu), en face de vallées et de collines, à
l'enterrement de Daumier.

Dans trois semaines : le *Monnier*.

Les *Sculptures Grotesques* — vont cependant faire un
premier petit intermède aux négociations souhaitées. Des
articles sont en préparation à la *Revue Archéologique*, à
la *République Française* (par G. Burty), et à la *Revue
Politique et Littéraire*. Puis aussi second intermède :

Mon cher ami (21 février 1879), demain soir nous serons à

Rouen. Vous seriez bien aimable de nous accompagner (M. Gerspach accompagnait Champfleury), entre 9 et 9 1/2 du matin, hôtel du Gros-Horloge, pour aller de là au Musée et visiter peut-être des monuments qui vous intéresseront.

M. Gerspach venait alors comme envoyé du Ministre pour visiter le Musée et juger par lui-même des salles qui pourraient recevoir de beaux vases de Sèvres... et c'est à la suite de cette visite que les vases qui sont actuellement au Musée de Peinture, furent attribués à titre de don ou de dépôt par l'État.

Quant à Champfleury, il venait surtout revoir le Musée céramique. Malheureusement, il faisait très froid ce jour-là, et Champfleury toujours frileux, avait dû, en se couchant à l'hôtel du Nord, s'envelopper dans une immense gâteuse pour se réchauffer. Ce jour-là, en effet, nul voyageur ne fut plus regardé que lui rue Jeanne-d'Arc, avec son chapeau haut de forme, sa longue houppelande et surtout avec ses *bottes*, c'est-à-dire avec de larges bottes fourrées sans talon, qu'il chaussait souvent en wagon, disait-il, mais qui l'obligeaient à marcher en traînant les pieds sur le sol, car, vastes et d'immense ouverture, elles tendaient toujours à glisser. Mais Champfleury, myope à ne pas voir à un mètre, ne prenait nul souci des rieurs. Lui aussi avait toujours, d'ailleurs, quelque drôlerie à raconter et s'arrêtant brusquement, les yeux à demi-fermés, presque clos, il excellait dans ses points de vue d'observation comique... mais c'est égal, il était bien drôlement costumé ce jour-là ! J'aurais vivement souhaité qu'un de mes ouvrages fût

« honoré », c'est le mot consacré d'une souscription du Ministère... mais que d'obstacles à surmonter ?

La question de la souscription aux Livres d'Art est, mon cher ami, plus délicate que vous ne le croyez (8 juillet 1879).

Il y a un an au moins que la Commission du budget a obtenu de la Chambre une réduction considérable sur les fonds votés à ce sujet. Il y avait eu, paraît-il, de graves abus.

On peut peut-être réussir à obtenir d'une Commission spéciale qu'elle prenne un livre en considération, que le rapporteur le pousse et le mette en lumière ; mais c'est là un gros travail qui incombe à l'éditeur, qui doit l'obliger à de nombreuses courses, visites, demandes de recommandations, etc.

Je n'y peux malheureusement rien. Je sais que M. J. Comte est le chef de ce bureau au Sous-Secrétariat d'État, mais quoique de la maison et pour une publication offrant un caractère d'utilité assez directe, j'ai dû me rendre à des arguments budgétaires, et je crains que votre éditeur n'aboutisse pas, agissant hors Paris et dans les conditions défavorables dont je vous parle.

J'aurais eu plaisir à vous être agréable, mais l'écueil est trop visible.

Ainsi que je vous l'ai dit, mon cher ami (20 décembre 1879), voici comment j'ai répandu vos trois exemplaires in-18 sur quatre. Un exemplaire a été envoyé à M. G. Perrot, de l'Institut.

La chaîne était à tendre entre les archéologues de la Normandie, ceux de la Vendée et ceux de l'Ile de France ; j'ai fait tout mon possible en m'adressant aux deux têtes dirigeantes de ces contrées.

Par la lettre de Viollet-le-Duc, vous verrez que l'exemplaire in-8 a été bien placé.

Mais vous ne me dites pas un mot de Darcel, de la *Gazette des Beaux-Arts*, de l'*Art*, de César Daly, à qui des exemplaires doivent être envoyés.

J'avais le projet de porter le volume à Victor Hugo, de

m'en entretenir avec lui et d'en faire le thème d'une con-
versation archéologique imprimée dans le *Rappel*.

Comment M. Augé veut-il que la publicité s'établisse s'il
n'y met rien du sien ?

S'il ne *veut* rien faire, je ne *peux* rien faire et le livre
reste endormi, malgré tout l'appel qu'il devrait jeter à la
critique.

Voilà la lettre de Viollet-le-Duc que je vous offre à titre
d'autographe ; je le reverrai à mon retour d'un petit voyage.

En le remerciant du volume que je n'ai pas encore reçu
pour vous, écrivez-lui qu'il lui appartient plus qu'à un autre
de dire un mot sur le symbolisme et de projeter quelques
rayons de sa science sur vos figures de la Normandie.

J'inonde toujours la bibliothèque de Champfleury de
mes nouvelles publications.

Je ne vous ai pas encore remercié, mon cher ami (17 janvier 1881), de l'envoi de votre album relatif à la Cavalcade
historique de Rouen. Vous préparez ainsi un champ aux archéologues de l'avenir ; mais j'admire votre fécondité et
votre facilité à vous multiplier à tout ce que demandent vos
compatriotes. Ils seront bien ingrats s'ils ne vous en récom-
pensent pas dignement un jour.

C'est toujours, on le voit, la prophétie qui se continue.

A propos de Rouen, avez-vous vu le fragment de chapitre
que j'ai consacré à la ville dans le numéro de samedi dernier de l'*Art ?* Si vous l'avez lu et que vous trouviez que je
ne suis pas complet pour ce qui a rapport à des images vraiment romantiques, je vous serai bien obligé de me le faire
savoir.

En réponse à l'envoi d'un superbe exemplaire des
« Vignettes Romantiques », j'envoie l'Eventail gravé.

Excusez-moi, mon cher ami (6 janvier 1882), de ne pas
vous avoir remercié plus tôt de l'envoi de l'Eventail de
Rouen qui est fort bien gravé ; mais pourquoi cette dimension inaccoutumée qui semble répondre au désir de
Mme Gargantua ou d'une Mme Gayant, de Douai ? Vous avez

eu sans doute un motif pour remplir d'effarement les col-. lectionneurs par l'envergure des cartons que réclamera l'insertion de l'éventail.

Vous me direz, pour votre défense, que j'ai bien employé un solennel in-4 pour l'historique de petites vignettes ; mais j'espère bien revenir à des proportions plus raisonnables, plus *livre*, si mes amis m'aident à y arriver.

A propos, je vous serai très obligé de passer au *Journal de Rouen*, de chercher la chronique (du 3 au 5, je crois), où Darcel a rendu compte des *Vignettes Romantiques*, et en m'envoyant deux exemplaires de ce numéro dont j'ai besoin, vous me rendrez grand service.

Dentu me demande compte de mes exemplaires de Presse; et comme le service en a été très minime, je tiens à lui en montrer le résultat.

Au mois de juin 1882, je frappe inopinément à la porte de la Manufacture de Sèvres... mais personne.

Pourquoi ne m'avoir pas prévenu de votre visite, mon cher Adeline (10 juin 1882), je vous en veux beaucoup, car je m'en veux de ne pas m'être trouvé là pour vous recevoir.

Oui, c'est bien mon frère qui est l'auteur de ce travail considérable sur les Monuments de l'Aisne. Ayez la complaisance de m'envoyer votre article, afin que je lui fasse parvenir.

Je ne crois pas me servir du dessin macabre de Langlois — (Héliogravure d'Amand Durand, d'après le dessin connu : La Jeune Femme à sa Toilette), — ayant un stock déjà respectable de squelettes dans mon volume ; merci toutefois du renseignement et de l'épreuve.

J'aurais préféré donner le portrait du poète Cocatrix, mais je n'ai pas d'épreuve, il a été seulement photographié en tête de son dernier volume de poésies non mis dans le commerce.

Mais attention, une seconde variation sur le Violon de Faïence va recommencer.

Peut-être une petite affaire pour vous, mon cher ami (17 mars 1883), si la proposition vous sourit.

Violon Faïence épuisé depuis plus d'un an.

Vous avez déjà attaché votre signature à cet Amati, il s'agit de l'accrocher tout à fait au Stradivarius.

J'ai refusé pas mal d'argent de Conquet qui voulait le réimprimer avec eaux-fortes (faites depuis 20 ans) d'après les personnages.

Impossible. Il me faudrait un Henry Monnier jeune.

Je pense actuellement à une illustration ornementale, mais cette fois en décor *Rouennais bleu* exclusivement.

Le volume contient 15 divisions soit 15 entourages : type pour l'arrangement, entourage du 1ᵉʳ chapitre du Violon.

Je n'ai pas encore d'idées bien arrêtées ; cependant pour différencier ces éditions, ne serait-il pas bon de faire *entrer dans l'encadrement les objets de nature morte qui sont indiqués dans les chapitres*, c'est-à-dire tout ce qui se rap porte au bric-à-brac de Gardilanne?

Ou, ne serait-il pas mieux de s'en tenir aux entourages *Rouen bleu?*

Le livre illustré par Renard est très bien, il s'agit de faire mieux.

J'avais pensé, pour varier les entourages, à y faire figurer peut-être les décors des *porcelaines* de Rouen, qui sont moins massifs que ceux des *faïences*.

A ce sujet, il serait bon de voir le collectionneur Gouellain, et lui parler de ce dernier détail.

Voir également les autres collections de Rouen : le Musée, Dutuit, la collection de Bellegarde, etc.

Pour entamer l'affaire, je crois que deux ou trois projets seraient nécessaires, c'est-à-dire entourages bleus ou libres ou insérés dans les lignes d'un cadre. (Dessins soignés)

A la suite, je crois bien que pour plus d'entente un petit voyage à Rouen serait nécessaire.

Pensez à tout ceci, mon cher ami, j'aurais également besoin d'un prix de revient pour les dessins et leur reproduction.

Je note, en passant, qu'il se trouve particulièrement dans les fonds des bidets de très jolis ornements élancés qui vous seraient utiles pour vos encadrements.

Inutile de dire que je « gribouille » immédiatement deux croquis, l'un avec motifs d'ornementation, mais l'autre avec agencement d'objets divers — qui me plaît beaucoup mieux, quant à moi, et que je trouve beaucoup plus pittoresque. Je voudrais bien aussi ne faire que des dessins au lavis et voir ces dessins reproduits en héliogravure en taille-douce, tirés en camaïen bleu foncé, cela ferait pourtant des entourages amusants... mais « les amateurs n'aiment pas l'héliogravure, » me dira de suite l'éditeur.

Je consulte donc de suite Champfleury sur ces croquis bleus.

Le premier *projet* bleu — l'agencement pittoresque — subsiste, mon cher ami (21 mars 1883), c'est-à-dire une impression à deux tirages qui permette d'établir le livre à un prix qui ne dépasse pas 10 fr.

Et quand le volume sera mis en vente — en février 1885 — les exemplaires ordinaires seront cotés 35 fr.

Mais je songe que pour différencier l'édition vous pourriez essayer un projet d'encadrement à l'eau-forte, mais en noir, toujours d'après les ornements de Rouen.

Si vous veniez à Paris en avril et que vous ayez le temps d'ici là, il serait utile de se présenter avec deux projets, l'un en camaïeu bleu, l'autre en dessin à la plume.

Mais vous devez être pris par bien des travaux.

Surtout envoyez moi un télégramme m'annonçant autant que possible la veille votre visite, afin que j'aie le temps de vous recevoir à déjeuner.

Le déjeuner a eu lieu — après, à Paris, j'ai fait la

connaissance de Léon Conquet — un très aimable homme, disparu trop tôt. — De bonnes relations sympathiques — et solides — se sont de suite établies entre nous et continueront jusqu'à la mort d'un Editeur (1897) dont je consérve toujours le bon souvenir.

Puisque Conquet, mon cher ami — 5 avril 1883 — vous a indiqué un petit format, sans doute in-12 ou in-18 ; la plus grande partie du succès tombe à votre charge.

Plus les encadrements et culs-de-lampes seront de moyenne dimension, plus il doivent être à l'échelle du format.

Une excessive clarté est nécessaire dans les eaux-fortes. Rien d'indécis dans le trait.

En principe je n'aime pas les objets coupés, non plus que les fouillis de choses par à peu près.

Lorsque vous aurez envoyé des spécimens je verrai Conquet, car je préférerais des culs-de-lampes à des vignettes dans le texte. Le bric à brac au milieu du texte me semble insuffisant.

Entourages et culs-de-lampes me paraissent convenables, vu l'absence des personnages.

Vous pouvez varier avec des vues de rues de vieilles maisons, des toits du commencement du siècle.

Surtout soyez précis ; plutôt sec qu'enveloppé.

D'ici au mois de mai, tâchez de trouver un certain nombre de motifs, afin que nous puissions nous entendre et marcher d'accord.

Se mettre d'accord, chose difficile, même avec un auteur et un éditeur amis. L'un veut sec, l'autre trouve toujours que cela manque d'enveloppe. Sans compter le spectre japonais qui devait intervenir plus tard, horrible tête grimaçante que l'auteur exigeait, que l'éditeur voulait refuser et le pauvre illustrateur étant pris ainsi entre l'enclume et le marteau cherchait à ménager la chèvre et le chou... ce qui n'est pas aisé.

Mais quelques croquis à la plume sont soumis à Champfleury.

Mon cher ami, quelques observations à la volée (6 mai 1883).

1° Blason de Grès, pas intéressant. Le Violon ne traite des blasons qu'accessoirement et un blason n'offre rien de piquant.

2° Vous devez trouver des plus étranges figures de diables donnant le cauchemar, dans les albums japonais. Ils y foisonnent. Votre diable me semble un peu poncif.

Le terrible Diable japonais — dont Conquet ne voulait pas — apparaissait déjà et...si plus tard Conquet a cédé à nos instances, il n'a jamais regardé qu'avec tristesse cette vignette... qui l'horripilait et, par contre faisait la joie de Champfleury.

Pour les entourages de page, laissez un tant soit peu de place au texte, car on est obligé d'espacer un mot ou de le couper, ce qui ne produirait pas un bon effet typographique. Je crois que la partie allongée de notre vieille rue pourrait être diminuée d'un cinquième pour laisser plus de ressource au texte.

4° N'avez-vous pas quelque part un motif de *grenier*, un autre de *cave*, un de *quai* dans le Violon.

Cherchez, faites preuve d'imagination.

En l'absence des personnages il faut que les entêtes, les culs-de-lampes soient traités avec le soin que jadis Meissonnier apportait à ces détails dans les entêtes des *Français peints par eux-mêmes*.

Proposer Meissonnier comme modèle, c'était plus facile à dire qu'à imiter. Moi aussi je connaissais — dès l'enfance pour ainsi dire — ces merveilleuses vignettes, surtout celles

*Croquis **inédit***

pour une Monographie projetée

de la *Chaumière Indienne* et je les regarde encore. Mais parler d'observations et de dessin d'après nature, à quelqu'un qui n'a jamais pu faire quoi que ce soit directement ainsi, à quelqu'un qui au contraire a toujours travaillé d'après cette méthode japonaise — qui a du bon — et qui consiste à dessiner de mémoire, à représenter graphiquement ce que l'on voit en *dedans* pour ainsi dire et animer ses compositions par des effets lumineux purement imaginatifs, exagérés peut-être, mais voulus ainsi, et destinés à faire valoir les détails essentiels des agencements tout en sacrifiant et en mettant au second plan les choses de moindre importance ; parler d'observation, je le répète, à un illustrateur qui a toujours travaillé ainsi — et jamais autrement quand il était libre d'agir à sa guise — c'était bien risqué.

Si je donne ici d'ailleurs tous ces détails, c'est pour montrer aussi, quel souci Champfleury avait de son Edition illustrée. Ce qu'il fit avec moi, il le fit aussi avec les autres illustrateurs qui lui étaient imposées par ses éditeurs. Il discutait longuement chaque projet et on peut dire que les éditions illustrées publiées de son vivant avaient son approbation. Quand je serai disparu, m'a dit souvent Champfleury, les éditeurs feront ce qu'ils voudront, mais je ne connais rien de plus désagréable que de voir danser au milieu de son texte des figures agaçantes qui sont absolument différentes des types créés ou vus par l'auteur.

C'est en partant de cette idée que Champfleury ne voulant ni faire représenter les véritables héros du drame

4

réel du Violon — le collectionneur Sauvageot et le biblio-
thécaire Pottier — ni les fantoches du *Roman* — Gardi-
lenne et Dalègre — *voulut* que les illustrations se bor-
nassent à représenter le *décor et les accessoires seulement*,
laissant à chaque lecteur le soin de se figurer à sa guise
les personnages allant et venant dans ce milieu indiqué
avec précision. J'ai déjà dit cela, dans un des chapitres
de la *Légende du Violon de Faïence* mais je le répète ici.
Car il y avait là, dans ce parti pris *d'illustration par le
décor*, une idée nouvelle... que je n'ai jamais pu d'ailleurs
quant à moi, faire accepter aux éditeurs. J'ai souvent
proposé à plus d'un, d'illustrer une Nouvelle ainsi, à
l'aide de paysages, d'accessoires, quelque chose enfin
donnant un peu de l'effet — très profond suivant moi —
que produit un décor de théâtre lorsqu'au lever de la
toile — la scène est absolument vide. Bien souvent j'ai
eu, quant à moi, en ces courtes minutes une sensation
agréable et artistique que venait rompre l'apparition de
l'acteur — réalisant imparfaitement le personnage rêvé...
et attendu autrement... J'ai souvent proposé d'illustrer
ainsi quelque Roman, jamais on n'a osé mettre en pratique ce système — de l'invention de Champfleury — et
qui a pourtant du bon. Sur ce, reprenons notre
Violon.

Je dois, mon cher ami (20 mai 1883) signer mon traité
avec Conquet, et il vous écrira pour vous prier de commen-
cer ; mais le gaillard me paraît furieusement dûr en
affaires.

Je vous écris ce mot, mon cher Adeline (26 mai 1883),
parce qu'une idée me traverse l'esprit à propos des entourages du *Violon de Faïence*.

Je les désirerais *clairs et riants.*

Vous me demanderez peut-être la recette du *clair* et *riant.* Je ne la connais pas ; mais je vous conseille de feuilleter les eaux-fortes de Daubigny pour les *Chansons Populaires*, édition Deloye. Vous avez d'autant plus besoin de clair et de riant que le format du *Violon* est plus petit.

Ce volume s'il est réussi, vous servira et vous sera compté.

Surtout, entendons-nous sur les sujets et envoyez moi vos motifs et vos projets avant de rien graver.

La préoccupation d'une recherche sur le Nain me vaut une lettre où l'on ne parle pas de Violon — chose rare.

Aussitôt cette lettre arrivée mon cher ami (29 mai 1883), voudriez-vous me rendre le service de passer chez M. Hédou 19, rue de la Chaîne.

M. Hédou est propriétaire d'un tableau qu'il croit être de Le Nain et qu'il offre en prêt à l'Exposition rétrospective de Laon, dirigée par mon frère.

La description qu'il en donne ne me suffit pas pour *voir* ; elle cadre en outre avec un certain nombre de toiles attribuées aux Le Nain dans les ventes et qui ne se rapportent pas aux intérieurs domestiques répétés tant de fois par ces peintres.

Cependant je ne peux me prononcer absolument, car d'un autre côté et dans une autre manière, un des Le Nain a peint des corps de garde.

Voulez vous voir le Tableau ; vous savez certainement ce qu'est un Le Nain, sa composition, sa couleur si particulières.

J'attends votre consultation pour répondre a M. Hédou qui vient de m'écrire ce matin. Veuillez en tout cas le remercier de ma part.

Une lettre sans un mot, un seul sur le Violon. Ceci ne pouvait pas durer. Aussi trois jours après ! quelle revanche.

J'ai signé avec Conquet, mon cher ami — (1er Juin 1883) — et sans doute à l'heure ou vous recevrez ce mot, vos dessins vous seront retournés.

Nous avons causé beaucoup avec Conquet ; il ne dissimule pas qu'il a une vive lutte à soutenir pour effacer la précédente édition de Dentu.

C'est également mon impression ; aussi je ne vous cache pas que vous avez là une tâche difficile et que l'absence de personnages commande encore plus d'ingéniosité.

Voilà donc ce que je vous propose pour mener l'affaire à bonne fin et en faire une véritable œuvre de bibliophile.

J'ai relu le *Violon* comme si j'y étais étranger et j'ai noté des entourages et des culs-de-lampe comme je les comprendrais si je savais tenir une pointe.

Un certain nombre de détails, doit-être vu d'après nature, vu et revu

Ces détails indiqués auxquels j'ajouterai des preuves, doivent être traités pour ainsi dire en collaboration; il est absolument nécessaire que vers le 16 de ce mois, vous veniez passer deux ou trois jours à Paris ou plutôt à Sèvres. J'ai une chambre à vous offrir et tout ce qui s'en suit.

Ce qui serait impossible en correspondance je vous le montrerai sur place ; vous prendrez des croquis que je ne peux vous envoyer.

J'ai noté mes pages de mon côté.

A l'aide de ce moyen seulement nous augmenterons le nombre des motifs ingénieux, clairs et gais.

Vous avez tout intérêt pour l'avenir à satisfaire Conquet. Je n'ai jamais procédé autrement dans mes livres illustrés et je tiens à celui-là par dessus tout.

Arrangez vous à venir du 15 au 20 juin afin de répondre aux désirs de Conquet qui ne commencera l'impression que la moitié des eaux-fortes livrées.

D'ici là j'aurai tout préraré. En deux ou trois jours vous serez débarrassé de ma collaboration.

Ma réponse ne se fit pas attendre, et le rendez-vous à Sèvres fut promptement fixé.

Je prends date, mon cher ami (5 Juin 1883), — à moins de contre ordre de votre part — pour 18 après midi ou 19 dans la journée.

Il est à peu près certain qu'un rendez-vous vous suffira.
Tous mes documents seront prêts.

Ne manquez pas d'apporter votre liste de projets d'entourages et de culs-de-lampe ; nous la confronterons avec la mienne et en quelques mots d'observations, nous avancerons plus l'affaire qu'avec vingt lettres.

Vous devez avoir un album de votre œuvre considérable; il serait bon que vous l'apportiez avec vous ou tout au moins les eaux-fortes les plus caractéristiques (je ne parle pas des grandes planches) Cela me semble utile pour faire un choix parmi ces épreuves et arrêter un type de gravure.

N'oubliez pas de me rappeler votre arrivée la surveille.

J'arrive à Sèvres, Champfleury obligé de se rendre chez le Directeur de la Manufacture a laissé un mot sur sa table : « en attendant mon arrivée, mon cher ami, voulez-vous jeter les yeux sur mon projet d'entourages que nous discuterons. Sur le saladier qui formerait évidemment un des entourages (personnage excepté). Je serai ici a 3 heures au plus tard. Prenez croquis au besoin ». Je m'installe donc, et Champfleury revenu, nous lisons et relisons nos listes, nous comparons et discutons nos sujets préférés et les illustrations du Livre adoptées, nous arpentons le Musée de Sèvres dans tous les sens. Champfleury me déniche dans des coins inaccessibles des pièces populaires — ce sont celles-là surtout qui l'intéressent — qui font son bonheur. Ah ! si je pouvais lui rendre avec précision dans mes entourages ces naïves silhouettes ? Quelle joie. Puis aussi il faut aller faire un tour à la Bibliothèque Nationale me conseille Champfleury..... car puisque le Roman se passe à Nevers, il nous faut des vues de Nevers. J'aborde dans ce sens, moi surtout qui projette d'éliminer le plus possible les motifs purement d'or-

nementation, je me cramponne des pieds et des mains
aux vieilles maisons et aux vieux châteaux. En tout cas,
vous verrez cela en rentrant à Paris « ici mon cher ami
occupons-nous des pièces de céramique..... Mais, en attendant, allons dîner..... Vous prendrez vos croquis demain.....» Et nous dînons. Dans la soirée Champfleury
nous emmène un de ses amis et moi dans un café-concert
de Billancourt. Rien de plus drôle que cette salle immense pleine d'un étrange public, rien de plus comique
que cette scène sur laquelle se succèdent les chanteurs
maigres ou obèses, des barytons et des ténors en habit
dont les romances langoureuses font verser des larmes
d'attendrissement aux couples habitués de l'endroit. Un
« Prestidigitateur » apparaît. — Ah ! il me gâte ma soirée, soupire Champfleury qui s'amuse aux gestes particu-
liérement faux d'un ténor qui roucoule sa passion : pour
son idole « dont la taille tiendrait dans ses dix doigts »
et qui accompagne sa tendre phrase en ouvrant les bras
d'un superbe geste immense.

C'était là, dans ces salles populaires, qu'il fallait voir
Champfleury, le feutre sur les yeux, bourrant sa pipe, tirant son tabac d'une queue-de-rat et lançant ses bouf-
fées de fumée, le regard brillant derrière les verres du
pince-nez et le visage souriant. L'observateur malicieux
et goguenard contemplait avec une joie infinie ces types
étranges, tel un chef d'orchestre maigre aux allures dé-
sordonnées. — Il est fou ! soupirait Champfleury — et
un trombonne au cou plus gros que la tête qui à chaque
fausse note recevait sans broncher les épithètes furibondes
de son chef en grognant — « ça doit pourtant être dans

la partition » — que d'ailleurs il ne regardait pas, médusé par une diva horriblement maigre dont il ne détachait pas ses gros yeux en boules de loto prêtes à rouler dans l'orchestre.

Le lendemain à Sèvres, croquis, dessins et nouvelles discussions encore sur les sujets à traiter. Puis je rentre à Paris accompagné cette fois par un autre Champfleury dont le haut-de-forme à bords plats est brillant et dont le nœud de cravate n'est pas sans coquetterie.

En causant de choses et d'autres, sur ce tramway de Sèvres qui ne va jamais très vite — le nom de Courbet est prononcé

Ah ! soupire Champfleury, quel mystique incompris ! Il croyait aux tables tournantes !

— Oh !

--Parfaitement, un jour Courbet me supplie de l'accompagner chez un Médium dont il me vantait le génie avec un lyrisme irrésistible.

Je finis par céder à ses supplications — continue Champfleury — et nous fûmes introduits dans un vestibule vide, assez banal. Dans un angle cependant un modeste et léger guéridon. « La voilà » me dit à l'oreille Courbet tout pâle. Hein ! je croyais qu'une jeune femme venait d'entrer derrière nous, je me retournai, personne. « La voilà, c'est elle » me répète Courbet plus pâle encore. — Ah ! la table, je compris qu'il voulait me parler de la table tournante, alors, je ne sais quelle idée diabolique me traversa le cerveau, j'ouvris la fenêtre, j'empoigne la table..... et vl'an je la précipitai dansle vide !

Oh ! soupira Courbet. Bruits de carreaux cassés, vacarme. Quelques minutes s'écoulèrent qui me parurent des siècles, j'entendais des cris dans la rue, je compris un peu tard que j'aurais pu lancer le guéridon sur la tête d'un passant. La porte du vestibule s'ouvrit, le concierge apparut avec le « cadavre » de la table, au même moment le Médium — que tout ce bruit avait sans doute réveillé, apparut aussi et s'écria soudain : « Ah ! la petite folle, elle n'en fait pas d'autres ! » Champfleury aimait à raconter cette amusante anecdote, à son ami Jules Troubat entr'autres, en tout cas elle est curieuse et ne doit pas être perdue pour les biographes de Courbet.

Rentré à Rouen — avec tous mes croquis — je vais écrire une nouvelle partition pour violon. Mais que de mal ! avant de nous mettre d'accord, d'abord avec Champfleury, ensuite avec Conquet.

Je remets à la librairie Conquet, mon cher ami (12 juillet 1883) sept dessins à graver avec quelques observations. Prière de m'envoyer deux épreuves de chaque état, de telle sorte que je vous en renvoie une avec indications de corrections, s'il en était besoin.

Que votre travail soit assez précis pour que le tirage puisse être fait *nature* et non avec les sauces des imprimeurs "Pas d'à peu près et rien d'inutile.

Et les listes d'observations sont remplies de méticuleuses remarques qui prouvent à quel point Champfleury *aimait* à s'occuper de ses éditions illustrées.

Quelques échantillons d'ailleurs de ces observations, mais quelques-uns seulement :

N° III. — Bon. — Un *timbre* sur la lettre à Gardilanne.

N° V. — Bon — Sur les papiers, celui du milieu seulement portera *Violon Solo*, les deux autres avec portées de musique. »

(C'est d'ailleurs la planche qui a servi à illustrer le prospectus de l'ouvrage.)

N° VII. — Bon. — Pour plus de pittoresque le grand chapeau à cornes à répéter à gauche. Il peut-être encore augmenté d'un dixième. L'autre chapeau supprimé Rien autre sur l'enseigne que *Bara — Chapellerie — Curiosités*, en caractères de peintre de lettres. Aux chapeaux de la montre, *il faut joindre une casquette*. Voir vitrine de chapelier de troisième catégorie.

N° IX. — Bon — autant que possible maison branlante, prête à s'affaiser sur elle même. *Pot de fleurs à une fenêtre.*

N° XIII. — Bon — tout le siège en sapin sans revêtements de faïence autres que ceux de la lunette. Carrelage en faïence à ornements géométriques. Voir pour le détail les ouvrages sur les carreaux émaillés.

N° XII. — Pour établir une échelle proportionnelle avec les autres dessins, le dé à coudre a besoin d'être réduit des deux tiers. Il y faut surtout des *Ornements Henri II faïence*. La boîte est bien. Rapetissez le sujet en le gravant.

Frontispice. — Le dessin gagnerait, je crois, et serait moins régulier si le violon était capricieusement incliné. Les carrés qui contiennent *Paris-Conquet*, qu'est-ce ? Une nouvelle assiette est un redoublement peu agréable. N'y aurait-il pas moyen d'encadrer le titre dans une silhouette de deux violons *vus de profil* peut-être, en leur adjoignant des archets. Alors sur les portées d'une partition on pourrait donner place au titre.

XV. Le Rêve de Dalègre. Voir dans l'album japonais que je vous envoie la tête du cauchemar qui répond au texte. Dans une petite chambre à coucher lit à rideaux fermés. Scène éclairée par une veilleuse. Au coin de la chambre, dans la direction des rideaux, la hideuse tête. Une main crispée du dormeur pourrait sortir du lit et saisir un des coins du rideau. Faïence de prix sur la cheminée, sur la commode, table de nuit ancienne *non fermée* avec un vase en forme de bourdaloue. Scène dramatique, a besoin d'être très cherchée.....

Lisez mes observations, mon cher Adeline (18 juillet 1883)

et essayez de vous en pénétrer. Le livre ne peut avoir de succès qu'à la condition d'être très varié, très spirituel et très expert dans son ornementation.

Il ne faut pas craindre des dépenses de temps en projets. C'est au fond de l'argent bien placé.

Quand vous aurez esquissé de nouveaux dessins, veuillez je vous prie me les envoyer directement et non à M. Conquet, il n'aurait que faire dans ces recherches, dans cette collaboration.

Pour la planche du cauchemar pensez à Goya avec l'exactitude française en outre pour le mobilier.

N'égarez pas surtout mon album Japonais. »

Ces reprises de projets n'étaient pas toujours faciles et comme on est souvent fort malhabile à traduire les idées des autres, nous échangions souvent deux ou trois croquis qui ne nous satisfaisaient ni l'un ni l'autre. Ah ! lui écrivis-je un jour, mon cher ami que votre violon est difficile à illustrer !

Vous vous plaignez, mon cher Adeline (11 septembre 1883), que le violon soit difficile à illustrer, et je suis de la même opinion; c'est justement l'absence systématique de drame et de personnages qui commande une grande variété et une extrême ingéniosité d'ornementation ; et encore faut-il qu'elle soit relevée par un travail à l'eau-forte plein d'esprit.

On m'avait demandé de divers côtés cette illustration ; si le résultat n'était pas celui que j'attends, s'il ne répondait pas à vos efforts, M. Conquet serait en droit de m'accuser de vous avoir imposé à lui.

Qu'il y ait des difficultés matérielles à cause des cadres j'en suis convaincu... en tout cas la principale affaire est de répondre au texte.

Ainsi, la boutique du chiffonnier est beaucoup plus une *boutique de marchand de bric-à-brac* qu'une boutique de chiffonnier. *Il ne serait pas difficile à un amateur de découvrir un objet d'art* dans ce groupement d'objets divers. Relisez le texte. Un chiffonnier recueille du verre cassé, des os, des chiffons, des peaux de lapin, lesquelles choses se marient avec des débris, des fragments plus ou moins artistiques. Étudiez un de ces hangards et voyez vos objets d'art dans un clair obscur qui laisse à deviner. Votre bahut trop riche n'est jamais entré dans la boutique d'un chiffonnier.

Nº 10. Le *premier projet* (l'armoire au violon), *vaut mieux que le second*. *Tenez-vous en donc au premier projet*.

Nº XV. Le Rêve de Dalègre. Les rideaux des lits se prêtent à être exhaussés ou modifiés par un baldaquin. La grenouille n'a rien à faire avec la tête du cauchemar japonais. *Supprimez la grenouille*, fut-elle un crapaud. La main du rêveur pourrait apparaître *crispée* et *saisir convulsivement* un des rideaux du lit. Sur la table de nuit rien qu'une *veilleuse*, un sucrier et un verre d'eau ; *au besoin une carafe*.

Ne manquez pas, mon cher Adeline, de m'envoyer vos premiers états en doubles épreuves, afin de corriger un détail s'il en était besoin.

Nous sommes en 1884 — le violon ne paraîtra qu'en février 1885 — et tout n'est pas encore fini... loin de là.

Accablé de fatigues, de travaux et d'étrennes, je ne vous ai pas encore remercié, mon cher ami (3 janvier 1884), de votre intéressant volume sur le *Musée d'Antiquités de Rouen* ; il va devenir encore plus précieux alors que la séparation de l'ancien avec le nouveau musée s'opérera et vous aurez fait en deux ans de la besogne archéologique.

J'ai les premiers états de toutes les planches du Violon...

Mais le titre, le titre est toujours le cauchemar de Champfleury, tandis qu'au contraire il fait le bonheur de Conquet. La disposition symétrique qui horripile le premier, réjouit le second.

Vous avez fait cinquante frontispices beaucoup meilleurs, mon cher ami, me dit Champfleury. Essayez donc un motif de faïence Rouennaise (Décor à Chinois) pour voir un peu. Ce violon placé « en chandelle » ne vaut rien. Je tiens par dessus tout à ce que cette planche frontispice donne une bonne idée des eaux-fortes du volume. Un frontispice est une ouverture d'opéra-comique. Si l'ouverture est bourgeoise, avec des motifs mal agencés, l'impression n'est pas favorable. Cherchez, changez moi de fond en comble ce frontispice.

Mais non, mais non, mon cher Monsieur Adeline, votre frontispice me plait beaucoup, me dit Conquet, cette lettre — Champfleury la trouve « calligraphie de Maître d'Ecriture » — cette lettre irrégulière est très bien. C'est très bien, ne cherchez pas autre chose, vous ne trouverez pas mieux... Mais la planche du Rêve... Ah ! l'horrible diable, c'est hideux.

Et la discussion recommence, en sens inverse. Champfleury trouve le Diable Japonais très réussi, la planche ainsi composée fait peur à Conquet qui voudrait bien autre chose. Finalement l'ouvrage a un frontispice au goût de l'éditeur, et un rêve au goût de l'auteur. Tous deux étaient à la fois contents et mécontents aussi... mais on voit par ce simple détail l'agréable situation de l'illustrateur entre l'enclume et le marteau. Et encore c'était un véritable ami qui tenait l'enclume et ce n'était pas un moins bon ami qui avait empoigné le marteau.

Le violon est toujours en fabrication, Champfleury veut faire un tour rapide à l'Exposition régionale de 1884.

Je roule dans vos environs, mon cher ami (25 septembre 1884), et j'en profite pour aller vous voir demain vendredi entre 11 h. 1/2 et midi 1/2, car je ne suis pas bien sûr des heures.

Si vous avez une après midi de libre, je vous serais bien

obligé de me piloter dans vos expositions de telle sorte que je puisse repartir le même jour à 7 h. du soir.

J'ai reçu le portrait de Mme Valmore et je vous remercie, malgré la cruauté de Langlois.

Nous aurons à parler entre temps de Conquet.

Deux jours après, carte postale « sauf avis contraire j'arrive à Rouen, samedi, 29, dans la matinée » puis le 28, nouvelle lettre : Encore un voyage à Rouen de manqué.

Déjà assez mal en train, mon cher ami, à mon départ de Paris j'ai été pris de névroses fiévreuses dans la nuit qui précédait mon arrivée à Rouen.

C'était un arrêt forcé qui m'a fait manquer mon rendez-vous et je vous prie de m'excuser ainsi que je comptais le faire de vive voix lundi ; mais ne me sentant pas suffisamment vaillant pour affronter vos trois expositions, je repars pour Paris.

En novembre 1885 paraît la — *première édition* — du Lexique des Termes d'art, un exemplaire prend immédiatement le chemin de Sèvres

Je reçois aujourd'hui, mon cher ami, (18 novembre 1885) votre *Lexique des Termes d'Art* et quoique je sois fort occupé à déchiffrer l'*Origine des Espèces* de Darwin, qui n'est pas d'une lecture facile ; j'ai assez feuilleté votre ouvrage pour m'en faire une idée. Je crois qu'il est appelé à rendre des services et qu'il tiendra sa place dans la série des Dictionnaires nécessaires à tout travailleur.

Moi-même, j'ai amassé des matériaux depuis que je suis à Sèvres pour un *Dictionnaire des Arts Céramiques* ; mais j'ai tant de choses en train, et si dissemblables, que Mathusalem n'arriverait pas à les terminer.

Je vous serais très obligé de vouloir bien me procurer le catalogue de la vente des *Livres, Estampes* etc., de Baudry. Il a certainement été imprimé à Rouen et je vous prierai de me l'envoyer, car j'en ai bien besoin.

.Le *Violon* ne paraîtra certainement pas cette année qui se termine mal pour le commerce.

L'édition du Violon — tirée à petit nombre — est enfin parue depuis quelques mois.

Il a fallu un rhumatisme assez persistant, mon cher ami (7 juin 1885), pour m'empêcher de vous remercier aussi vite que je l'aurais voulu de votre eau-forte sur le chat infortuné dont vous regrettez la perte.

Avez-vous fait quelque chose pour la publicité du *Violon* à Rouen ?

· Je n'ose aller chez Conquet, me demandant si le volume « s'enlève » Tâchez de vous en occuper, car la fortune du livre vous appartient en entier.

Le Violon s'est très bien vendu, mais c'était au beau moment de la monomanie des exemplaires avec aquarelles sur les faux titres et ce que j'en ai fait de motifs — Tous *différents* — bien que dans tous — ou presque tous — le manche du violon dût donner sa note caractéristique... cela est inimaginable... j'en ai dû faire près de cent cinquante environ, si je ne me trompe.

Nous sommes en 1886 et Champfleury se décide à venir à Rouen.

J'accepte mon cher ami (30 Juillet 1886), votre offre cordiale pour demain dîner (samedi) à cette condition qu'aucune casserole ne sera remuée, car je pourrai à peine manger après le déjeuner Gouellain.

Si vous voyez toujours « Souchières de Toulouse » je vous serais très obligé de lui faire savoir que je serais bien aise de lui serrer la main dans la soirée.

Surtout priez bien Mme Adeline de ne pas se mettre en quatre pour un homme qui ne mange pas.

Voici l'esquisse de mon programme du 31 — 1º Gouellain, 2º Le François, 3º Peut-être Musée, 4º Adeline, 5º Café-

Concert ou spectacle bizarre. — 1er Août, départ de Rouen de bonne heure.

C'est ce dernier jour là que Champfleury, dans la matinée, fit la connaissance de Kiki et de Mi-Ki-Ka buvant fraternellement leur soucoupe de lait, inclinant leurs oreilles pour ne pas se nuire — puis de Mikika seul, dont les gestes simiesques l'intriguèrent si fort. Tantôt l'animal faisait le gros dos et tournant la tête de travers dansait comme un pantin ; tantôt se grattant les pattes avec béatitude dans un accès de joie superlative il se roulait sur le gazon dans le petit jardinet. Oh ! s'écriait l'auteur des chats, mais c'est un singe !

C'était la veille que Champfleury fit cette visite au théâtre... Des idées de faire représenter l'*Apôtre* le hantant sans cesse. Mais il trouvait certaines actrices trop médiocres, il songea un moment à faire engager des premiers rôles. Tant qu'il parlait de ses projets de Théâtre, sans dire le titre de sa pièce on l'écoutait, il eut été curieux de voir l'auteur des *Bourgeois de Molinchart* faire danser sur la scène les fantoches bien vivants du Roman, mais quand il disait « ce que je voudrais faire jouer ce serait une pièce *socialiste* ». Oh ! — et l'œil semblant perdu dans un rêve lointain — une pièce intitulée l'*Apôtre*.

Ah ! alors tout le monde riait.

Champfleury riait à son tour et nous disait : vous voyez bien que vous commencez à reculer.

L'*Apôtre* ne parut qu'en volume. « Je mets aujourd'hui à la poste, mon cher ami (20 novembre 1886), le terrible *Apôtre* qui inspire des inquiétudes à un certain nombre de gens. »

Puis, dans cette même lettre, il me rappelle que je lui avais promis de lui faire faire un croquis du Portrait Romantique de Bocage, par de Malécy (Musée de Rouen), Portrait que P. Zacharie interpréta à la plume d'une très spirituelle façon, mais qui ne fut pas utilisé par Champfleury, la publication projetée n'ayant pas paru. Au milieu de cartes de demandes et de réponses nombreuses — Champfleury me cherchait des entourages de Viollet-le-Duc chez un bouquiniste pour mon article du Livre : *Viollet-le-Duc, vignettiste,* — mais le bouquiniste était déménagé et je n'eus jamais les feuillets cherchés pas plus d'ailleurs que Champfleury ne put mettre la main sur des Romantiques désirés — au milieu de ces cartes une doit être citée :

Je comptais vous porter samedi dernier, mon cher ami (25 avril 1888), mon dernier volume; les Dieux en ont décidé autrement. Je vous l'envoie par la poste quoique je craigne cette institution, tant d'apprentis lettrés, y pratiquent la pêche du volume.

Je désirerais bien, sur une ou deux pages à part de la grandeur de l'in-18, trois ou quatre reproductions *coloriées* de ces amusants saints Gourgon. Avec le « progrès » j'arriverai peut-être un jour à reproduire ces phalluseries »

P. S Conquet m'a dit vous avoir écrit au sujet des dessins de Josquin qui m'ont paru fort bien, à saisir à la première occasion.

Cette illustration des *Sensations de Josquin* est toujours restée à l'état de projet comme celle de *Chien-Caillou,* d'ailleurs.

En 1888 la Maison Dentu préparait un *Livre d'Or* — luxueuse publication qui, d'ailleurs, resta aussi à l'état de projet.

« — *Allons, Petiot, nous allons travailler.*
» *Chien-Caillou se leva, passa son pantalon frangé au bas comme un châle et prit une planche de cuivre commencée. Puis il emmancha une aiguille dans un morceau de bois et s'assit sur le lit.* »

J'allais vous écrire, mon cher ami (29 novembre 1888), pour vous rappeler ma promesse lorsque j'ai reçu votre lettre relative au *Livre d'Or*. Quel genre de four gigantesque se prépare chez Dentu! J'en suis fâché pour la Maison où j'ai travaillé trente ans; ce qu'ils veulent je n'en sais rien encore et j'attends leur « commande ». Lorsque je serai un peu mieux renseigné je ferai part de votre requête aux intéressés.

D'après votre promesse, j'espérais compter sur les dessins ou lavis des petites breloques priapiques normandes pour les faire relier dans mon volume

Si vous êtes toujours dans les mêmes intentions, je me recommande à votre obligeance.

Les saints Gorgons ne se font pas attendre, ils furent même gravés peu après, mais le cuivre que j'avais donné à Champfleury, qu'est-il devenu? Les catalogues des ventes sont restés muets sur ce point.

J'ai reçu, mon cher ami (7 novembre 1888), vos petits dessins « anacréontiques », je vous en remercie, car ils sont fort intéressants.

Rien encore du *Livre d'Or*. Comprenez-vous que la Librairie Dentu ne m'ait pas fait une demande personnelle à ce sujet? L'affaire en est là. J'attends où je me retirerai définitivement, ce que vous approuverez, j'en suis certain.

Des excuses ont dû être présentées, et j'en suis fort aise, car — je croyais alors que la publication serait menée à bonne fin — je voyais là une occasion de faire un article intéressant — texte et dessins sur la gravure.

Pour le *Livre d'Or* (15 novembre 1888), j'ai dit qu'à défaut de Bracquemond qui a refusé, on pouvait vous demander l'article *Gravure* (2 pages in-4° environ).

On a pris votre nom; mais pour réchauffer la mémoire de l'éditeur vous devriez lui écrire de nouveau, parler de vos principales gravures, de vos travaux artistiques (cela d'une façon sommaire).

Voulez-vous enfin conquérir la position ? offrez-lui, à cet éditeur qui se pique d'art (il a exposé je ne sais trop quoi au dernier Salon), une de vos importantes gravures avec son nom.

Je crois alors qu'en même temps que le bonhomme sera empaumé, vous vous ouvrez une porte pour l'avenir à la Librairie Dentu.

Voilà ce que Machiavel vous conseille.

Le *Livre d'Or* ne parut jamais — mon article fut écrit — il a servi depuis beaucoup plus tard — mais très remanié — de base à la Préface des *Arts de Reproduction vulgarisés*, édités par Quantin, quant à mon dessin au lavis — en prévision de l'héliogravure — il est toujours dans mes cartons. J'avais songé un moment à le transformer en frontispice pour les Graveurs du XIXe siècle et à jeter ce nouveau méfait à la tête de mon ami Henri Béraldi, mais j'ai renoncé à cette mauvaise action. Toutefois ce travail non utilisé m'a fait entrer en relations amicales avec Maurice Guillemot qui devait être le secrétaire de la Publication. — On peut trouver dans tout revers d'agréables compensations.

Ici une lettre *signée* seulement, mais dictée par Champfleury à son secrétaire :

J'aurais bien besoin, mon cher ami (3 décembre 1888), et je me fie sur votre bon vouloir accoutumé, d'une petite planche (format in-18) sur laquelle vous pourriez graver d'un trait sommaire à vos moments de loisir, les insignes des Saint-Gourgon priapiques dont vous m'avez envoyé un dessin.

Cette planche, tirée à vingt ou vingt-cinq exemplaires au plus et naturellement non mise dans le commerce, est destinée à être offerte à quelques curieux que votre dessin a réjouis.

Attribuez à votre extrême obligeance cette nouvelle indiscrétion de ma part.

Et Champfleury ajoute de sa main en post-scriptum :

Je retrouve ceci dans mes notes sur la caricature « un vitrail de l'église Saint-Patrice à Rouen, représente un mulet à genoux devant un prêtre qui élève une hostie. Est ce exact? »

Cette lettre accompagnait un envoi de croquis d'Eugène Delacroix — esquisses très sommaires mais fort intéressantes pour Rouen — car c'étaient les premières idées de la justice de Trajan — et Champfleury désirant se défaire des feuilles de dessins, je l'avais décidé à les présenter d'abord à la Commission des Beaux-Arts. Inutile de dire que nous votâmes de suite l'acquisition de ces dessins pour le Musée, qui, mis sous verre, ont pris place immédiatement dans l'une des salles du Musée de Rouen.

Quant au vitrail, je lui donne d'abord quelques renseignements « sur l'Ane » et sous quelques jours je vous écrirai, me fait-il savoir aussitôt, pour vous parler d'un petit projet utile.

J'ai peut-être, mon cher ami (10 février 1089), une nouvelle occasion d'ouvrir un débouché honorable à votre crayon.

Pour cela j'aurais besoin d'un spécimen de votre façon et voici celui que je choisis pour votre début en même temps que l'article qui se prépare.

Il s'agirait de dessiner *l'âne adorant l'hostie* non d'après Langlois, mais autant que possible d'après le vitrail, en conservant avec du noir sur du blanc son caractère de vitrail et la gamme de ses colorations

Ce dessin serait destiné à être gravé *sur bois*, et sans doute reporté par vous sur cette matière.

Suivant la disposition du vitrail en long ou en hauteur vous dessinerez le croquis en haut ou en largeur d'un quart plus grand que cette carte.

Pour la façon de dessiner le vitrail, voyez à la Bibliothèque de Rouen les beaux spécimens de chromo qui ont été faits pour des monographies de vitraux.

Le dessin est fait — d'après nature — après quelques stations dans l'église. « J'ai reçu le dessin de l'âne, mon cher ami (18 février 1889), il est parfait et doit vous ouvrir les portes du *Magasin Pittoresque* reconstitué ; mais le sujet modifie tant soit peu mon article et je vous vous demande une quinzaine. »

Le plus curieux dans tout ceci, c'est que je n'ai jamais su, si l'article avait paru — ce que je ne crois pas — et si le dessin avait été gravé sur bois. Je n'en ai jamais eu de nouvelles.

Grâce à l'Exposition de 1889, nous nous vîmes assez souvent, Champfleury aimait mieux 1889 que 1878, qu'il trouvait trop sérieux et lugubre. Les théâtres exotiques firent sa joie en 1889 et il ne tarissait pas d'enthousiasme en parlant des Danses Espagnoles et des hurlements Annamites.

J'ai l'air d'un grand négligent à votre adresse, mon cher ami (9 octobre 1889), mais il faut accuser l'Exposition qui a troublé toutes les cervelles parisiennes et de la banlieue.

Je n'ai pas oublié, malgré tout, que je vous devais des remerciements pour votre article sur les *Peintres de Chats* : il me fournira quelques notes utiles pour une prochaine édition qui, malheureusement ne se prépare pas.

Je suis un bien mauvais fermier de mes propriétés.

Vous trouverez dans le petit paquet dont veut bien se charger Gouellain le dessin des phallus normands qui, gravé, ferait le plaisir des archéologues tournés vers la polissonnerie.

La petite planche est gravée promptement.

J'aurais dû, en effet, mon cher ami (15 novembre 1889),

vous remercier plus tôt de vos excellents Saints Gourgon qui ne sont pas saints du tout. Je finirai par les faire colorier par mon garçon de bureau en qui j'ai fait germer des qualités particulières.

Quant *Bouquet* — un article publié dans l'*Art* — sera tiré à part (à 100 ex.), je vous en enverrai un exemplaire.

« Mais vous m'effrayez avec *Chien-Caillou !* » c'était un petit album de dessins originaux que j'avais exécuté à l'aquarelle et qui était resté quelques temps entre les mains de Conquet — et que je conserve aujourd'hui comme un projet de publication encore non réalisé.

Mais Champfleury déjà souffrant, avait d'autres vues.

Je vais prochainement publier dans l'*Art* un *morceau assez sinistre* qui fera partie d'une nouvelle série d'Excentriques et il pourra y avoir des contradictions.

Quel fut ce morceau ? Hélas ! cette courte lettre est la dernière que j'aie reçue de Champfleury. Mon excellent ami, emporté en quelques jours par une attaque d'influenza, est mort à Sèvres le 6 décembre 1889.

POST-SCRIPTUM

Pour terminer cet inventaire sommaire d'un dossier de plus de quatre-vingts lettres de l'ami Champfleury, il faut, pour essayer tout au moins d'être complet, passer rapidement en revue quelques exemplaires de ma bibliothèque dans lesquels ont pris place quelques lettres plus spéciales.

C'est ainsi que dans un exemplaire de *Hippolyte Bellangé et son œuvre*, on trouve avec les fumés — ceci dit pour les collectionneurs — et divers autographes d'Amateurs Anglais signalant des pièces inconnues, on trouve cette lettre :

Il a été fait, mon cher ami (25 octobre 1879), sous la Restauration ou sous Louis-Philippe, un grand nombre de « faïences fines » à Creil ou à Montereau avec des « décors » à l'aide de reports de gravures. C'est ce qu'on appelle habituellement « décor par impression », mais je n'ai jamais vu de dessin de Bellangé reproduit par ce système ou si ce dessinateur a travaillé pour les faïenceries, les combats ou batailles qui me sont passés sous les yeux n'offrent-ils que des banalités de crayon qui sont même au-dessous de Victor Adam.

— J'ai reçu votre nouveau volume, mon cher ami (21 octobre 1880), et je vous en remercie. Il est bien conçu dans les données modernes, au point de vue biographique et critique et l'illustration ne laisse rien à désirer.

C'est une pierre de plus à ajouter au monument normand

que vous élevez patiemment, avec un si vif amour de l'art ; il faudra bien qu'un jour on vous en tienne compte.

Je regrette de ne pouvoir faire d'article à ce sujet ; les places sont prises dans les quelques Revues où je travaille, chacun y a sa place bien marquée et n'entend pas qu'on s'y introduise ; mais la publicité ne vous est-elle pas d'avance largement acquise, grâce à ce travail qui n'existait pas, grâce à l'influence qu'a votre éditeur dans la presse ! Merci donc de nouveau et à vous bien cordialement.

Dans un autre exemplaire de la *Farce des Quiolards* se trouve aussi celle-ci qui est fort amusante : ·

Je reçois, mon cher ami (16 novembre 1881), votre joli volume de la Farce des *Quiolards;* il me rappelle une autre *farce* de ma façon qui s'adaptait étroitement à celle-ci et aux *Arts Décoratifs*!?

Cela serait trop long à vous conter, qu'il vous suffise de savoir pour votre instruction que nous avons fait représenter à Paris de la comédie des *Quiolards* arrangée, coupée et francisée par Ed. Fournier ; certainement dans la *Patrie* d'il y a quatre ou cinq ans vous trouveriez un feuilleton du dit Fournier à ce sujet.

Le succès fut d'estime : il n'y avait d'ailleurs que des invités dans la salle ; je crois me rappeler qu'effrayé d'un assemblage d'Art industriel, de magasins réunis, des inventions de Guichard, organisateur de ces fêtes, je n'osai assister à la séance d'ouverture.

Le tout était insensé. Mortillet représentait : la science préhistorique et anthropologique ; Mlle Fonta, de l'Opéra : la danse archaïque ; Fournier : le théâtre du passé ; Bartholdi : la statue de l'indépendance américaine ; je devais diriger un cours de coiffures de femmes depuis les temps les plus reculés jusqu'à nos jours ; tous les coiffeurs archéologues de Paris devaient être convoqués, etc., etc.; le plus clair fut la représentation des *Quiolards* : après quoi l'affaire tomba.

Il n'en sera pas de même de votre volume. La confection en est bien entendue, les eaux-fortes sont bien dans l'esprit du temps, la notice intéressante, que peut-on demander de mieux ?

Dans la *Promenade du Pont de Bateaux* qui date à peu près de la même époque, prit place cette lettre un peu antérieure :

J'arrive après une petite tournée, mon cher Adeline (29 août 1881), et je trouve votre lettre et le joli volume rose ; je l'ai feuilleté aussitôt. C'est une des publications les plus soignées de l'imprimerie de Rouen ; les entourages de pages sont très réussis ; vous ne pourrez en dire autant du volume que je vous envoie aujourd'hui par la poste. Vous étiez comme vous êtes toujours sur ma liste ; mais les exemplaires n'ont été envoyés que pendant mon absence.

Puisque vous êtes en verve de « rouenneries » pourquoi ne publieriez-vous pas : la gravure populaire à Rouen ? Je crois vous en avoir déjà parlé. L'*Art* ou la *Gazette* vous prendraient volontiers ce travail, je pense que la Bibliothèque de Baudry vous fournirait les renseignements et vous feriez pour Rouen ce qu'ont fait à Troyes avec les vieux bois les imprimeurs. Les anciens Almanachs de Rouen du xviie siècle que j'ai vus à l'Arsenal renferment quelques bois bien curieux qu'on ne trouve, je crois, que dans vos imprimeries. Pensez-y, car on pourrait bien s'emparer de l'idée.

Et avant (13 septembre 1879), j'avais reçu une longue lettre à propos des *Quais de Rouen autrefois et aujourd'hui*, lettre que je ne puis que résumer ici en trois lignes « vos travaux relatifs à la Normandie commencent à former un tas respectable, vous devez — et vous prendrez — rang dans le pays... » et « serez récompensé comme vous le méritez, bien que vous n'ayez pas l'air de vous en douter » et j'en ai déjà trop dit... Ceux de mes amis qui savent lire entre les lignes... comprendront presque trop aisément, le sens de ces citations d'une lettre datée de 1879 !

Quant aux *Sculptures grotesques et symboliques* un exemplaire unique — gros comme un Bottin — contenant les dessins originaux, des fumés et des autographes divers, a reçu à la place d'honneur des lettres curieuses dont voici quelques extraits qui me paraissent assez utiles pour l'histoire de la Caricature:

I. J'ai reçu hier, mon cher Adeline (12 août 1877), ce précieux volume de la Bouille et je vous remercie vivement de ce cadeau. La typographie ne laisse rien à désirer et vos vignettes ne contribuent pas peu à donner une nouvelle vie à cet opuscule qui a déjà diverti plusieurs générations.

Votre idée de *Sculptures grotesques* me paraît une idée si elle est suivie de près et si elle embrasse une province telle que la Normandie; mais je crois qu'elle ne devrait pas être présentée aussi simplement que mon *Histoire de la Caricature*. J'entends qu'un développement archéologique étant donné à une question assez obscure pour être étudiée à nouveau, il conviendrait de lui donner un format respectable et ne pas craindre de rehausser le prix.

Mon *Histoire de la Caricature* qui a eu deux éditions a été tirée à 3,500 exemplaires, ce qui est énorme. On n'atteindrait pas vraisemblablement ce chiffre avec une monographie traitée scientifiquement. Votre publication telle que je la comprends ferait suite aux publications sur l'architecture et aurait besoin d'eaux-fortes et d'un format semblable à vos anciens monuments de Rouen.

Je ne demanderai pas mieux que de collaborer à ce travail, si vous le jugez nécessaire; mais j'aurai besoin de notes bien précises.

Quant à Chamisso — (et ici il est fait allusion à une série de dessins dont les aquarelles sont conservées dans mes cartons) — quant à Chamisso, je suis tout à votre service et il me paraît qu'une courte introduction suffira. Peut-être un jour, donnerai-je un certain développement à une étude sur l'homme; j'ai des documents très précieux à ce sujet. Mais, mais, mais quand? Tant de travaux me lient les bras et particulièrement la Manufacture m'enserrera de si près pendant quelques années, que je ne dois penser aujourd'hui qu'à terminer ce qui est commencé. En tout cas, disposez de moi et croyez-moi votre bien affectueux.

II. J'ai cru un instant pouvoir aller à Rouen, mon cher ami (18 septembre 1877), à l'effet de m'entendre avec vous et votre éditeur de votre projet de publication de figures satiriques du Moyen-Age.

Veuillez, je vous prie en attendant, dire à l'éditeur qu'il y aurait trop d'écriture à dépenser avant de s'éclairer.

En tout cas, ainsi que je vous l'avais dit, je ne pourrais adopter le format in-18, qui ne prête pas à de sérieux travaux de reproduction. Dentu, au cas où on traiterait avec lui, ne l'accepterait certainement pas et moi-même je ne peux lui faire concurrence par un format qui ressemblerait trop à celui de la Caricature.

D'ailleurs, c'est une notice et non un volume que je pourrai écrire sur la question.

Accablé de besogne qui dépasse mes forces, je ne serai pas maître de mon temps avant la seconde moitié de 1878.

J'étiquète de fiches imprimées tout le Musée Céramique et de là je passe immédiatement au catalogue.

Joignez à cette énorme besogne de six heures par jour au moins, mes propres publications en train et jugez s'il me reste quelques forces pour m'attacher à l'heure qu'il est à un travail imprévu.

Si je peux d'ici à quelque temps prendre quelques jours de repos et aller à Rouen, je vous préviendrai.

III. J'attends vos épreuves de plume ferme, mon cher Adeline (25 janvier 1878), les dessins m'indiqueront dans quelle voie je dois entrer pour répondre aux vœux de l'éditeur.

L'effroyable besogne d'aménagement et de typographie du Musée est doublée de ceci, que chaque matin je dois livrer de la pâture à un menuisier et à un compositeur qui sont les deux mauvais larrons de ma vie de conservateur.

Joignez à cela une révision de chaque pièce, sa désignation sommaire, des marques et armoiries inconnues à chercher, des provenances indéterminées, des erreurs d'attributions, de dates, de fabrication à rectifier autant que possible; ceci vous expliquera dans quel enfer le pauvre Henry Monnier et moi sommes plongés.

J'ai refusé d'écrire des articles sur Courbet, en ayant publié trois assez développés sur diverses phases de notre vie de jeunesse et de luttes. Je ne me sens pas encore assez vieux pour rabâcher et d'ailleurs les événements politiques auxquels a été mêlé Courbet m'auraient gêné considérablement. Ce ramassis de singes qui tenaient des rasoirs ouverts dans la Commune m'a toujours inquiété.

IV. A une dédicace, mon cher ami (30 janvier 1878), je préférerais un avertissement dans l'intérêt du livre.

Il faut se présenter sérieusement en face du public et laisser toute camaraderie de côté.

Ma *Préface* semblerait n'avoir été obtenue qu'en raison des amitiés de la *Dédicace*.

Ce sont des nuances que vous admettrez d'autant plus, je le crois, que je ne vous tiens pas moins compte de la pensée cordiale qui vous avait poussé à me dédier ce travail.

Voyez donc à modifier votre avertissement dans ce sens avec les quelques corrections que je vous indique et quand le tout sera en épreuves avec ma préface, envoyez-les moi.

J'attends toujours vos épreuves de gravures, j'ai déjà quelques points nouveaux à traiter; vos dessins doivent me fournir non pas des rabâchages et des redites, mais quelques touches de nature à éclairer la question.

V. J'ai reçu hier soir votre envoi, mon cher Adeline (4 février 1878), et je me suis donné tout aussitôt le plaisir de regarder vos jolies illustrations du voyage de Saint-Cloud.

Quant au volume des *Sculptures grotesques*, voici ce que m'inspire la vue des images.

Je voudrais que le titre exprimât mieux le contenu, par exemple, ou :

Monuments Normands
Grotesques et symboliques
du Moyen-Age et de la Renaissance.

ou :

Sculptures Normandes
Grotesques et symboliques
du Moyen-Age et de la Renaissance

au besoin on pourrait ajouter comme dans votre titre :

— *Rouen et ses Environs* —

Il serait bon que *symbolique* figure dans votre titre, car un certain nombre de monuments n'appartient pas au domaine du *grotesque*.

Il me semble également que *Moyen-Age* et *Renaissance* doivent figurer dans le titre, de même que *Normand*. Ces indications ont même leur portée archéologique.

Maintenant vous me pressez bien fort. Je veux bien enrayer un peu mes travaux à la Manufacture qui sont considérables ; mais le *Daumier* est à heure fixe. Il s'agit d'une grande infortune. On a fait appel à ma bonne volonté et j'ai répondu *oui*.

Vous ne me dites pas, d'ailleurs, quelle étendue approximative doit avoir cette Préface que je ne veux pas *bâcler*. La matière est grave. J'imagine également que vous donnez une analyse de chacun de ces monuments et alors pour suivre l'ordre hiérarchique il faudrait également que votre titre portât : « *Texte et Vignettes par J. Adeline* au lieu de *Vignettes et Texte*.

Je vais toutefois faire des efforts pour vous satisfaire, mais soyez précis et répondez-moi de telle sorte que nous ne perdions pas de temps en correspondance, car alors un voyage à Rouen du samedi au dimanche soir vaudrait mieux.

Je crois que ce volume se présentera bien et fera un digne pendant au *Saint-Cloud*, toutefois il ne faut pas se dissimuler que le frivole XVIIIe siècle amuse bien plus le public des bibliophiles que le Moyen-Age et la Renaissance.

P. S. Après vous avoir écrit je me suis mis résolument à la besogne, posant mes jalons entre lesquels doivent se placer mes vues d'ensemble.

Il me sera difficile, je le vois, de dire et de vouloir faire *tant* de *pages* ; je tiens à ne pas être circonscrit rigoureusement. Cela me gênerait.

Je ferai une Préface le plus vivement possible pour répondre à vos désirs ; mais elle sera ce qu'elle sera, sans que je puisse m'astreindre à un nombre voulu de feuillets.

Communiquez ma lettre à M. Augé ; je tiens à *le* satisfaire et à *me* satisfaire.

Je tiens surtout à ne pas bourrer cette préface de redites et pour vous plaire j'estime qu'elle sera courte et de quelques pages seulement.

Tout bien considéré, j'estime que ce voyage à Rouen est indispensable, et que nous puissions, mon premier jet tracé, en causer plus longuement (voyez quelle longue lettre) samedi soir ou vers 2 heures de l'après-midi, car je n'ai pas d'indicateur de chemin de fer sous les yeux.

VI. — Lettre adressée à l'Editeur (7 février 1878).

Je me suis mis résolument à la besogne, Monsieur, pour répondre à vos désirs et à ceux de mon ami Adeline.

Une huitaine me suffira, je l'espère, pour terminer la Préface que je veux non pas banale et de complaisance, mais enseignante et projetant un jour sur les illustrations du texte.

La carte blanche que me laisse Adeline me permet donc de ne pas aller à Rouen ; aussi bien j'y gagnerai du temps.

Vers le 15, je compte donc vous expédier dessins et Préface. Vous feriez composer un placard non mis en pages, vu les modifications et coupures que détermine toujours en moi toute épreuve ; vous m'en enverriez double exemplaire et je vous retournerais aussitôt le tout avec ses corrections.

En jetant les jalons de mon travail avec les principaux motifs du texte, je crois que l'idée est bonne, qu'elle servira de type à d'autres publications de même nature dans bien d'autres provinces et que cette idée comptée comme utile, soutiendra le succès de la publication.

VII. — Que peut bien devenir, mon cher Adeline (15 novembre 1878), votre volume sur les Figures grotesques de la Normandie ?

Ce matin j'ai été bien aise qu'il ne fut pas paru, car je retrouve une intercallation des *plus importantes* pour le succès du Livre si ma Préface n'était pas tirée.

Au besoin je pourrais ajouter une lettre d'une page à Viollet-le-Duc, parlez-en à M. Augé au plus vite. Il est bien entendu que je lui donne cette page en plus.

Tout va bien dans ce courant d'idées, on va réimprimer la *Caricature antique, troisième édition* (réelle) ce qui fera 4.500 exemplaires d'un livre assez dur.

VIII. — J'ai reçu seulement hier, mon cher Adeline (1er décembre 1878), le volume des sculptures ; il doit, grâce à vos recherches et à vos travaux, obtenir du succès, il faut qu'il soit lancé. Les efforts de M. Augé tomberont dans un vide absolu s'ils sont personnels. (Remarquez que je ne tiens aucunement à faire un métier de cheval pour remettre les volumes en mains propres).

A Paris une mise en vente d'une nouveauté coûte à l'Editeur près de 150 exemplaires, quelquefois plus. Il faut compter plus de la moitié des exemplaires perdus, c'est-à-dire auxquels le journalisme ne fait pas seulement l'aumône de trois lignes. L'auteur se remue, l'éditeur fait agir diverses influences et en même temps les chroniqueurs, les journalistes viennent — à la boutique — chercher les nouveautés.

Je ne dis pas que l'édition de M. Augé comporte autant de dons ; mais pour lancer une pareille publication il faut des sacrifices. On récolte après. C'est ainsi que se réimprime aujourd'hui la 3e édition de la *Caricature antique*, de nouveau revue et augmentée. Dentu a beau me dire qu'il n'a pas besoin de gravures nouvelles, je m'entête à lui en fournir, estimant qu'en seize ans la science a marché et qu'il faut s'inquiéter autant que possible des découvertes nouvelles.

M. G. Perrot, de l'Institut, qui m'envoie avec un *ex-dono* un savant mémoire sur la Caricature en Grèce, me trouverait certainement peu poli s'il recevait sans mon nom le volume Et il offre un article dans la *Revue Archéologique*.

Soumettez ces détails à M. Augé et faites lui comprendre que tout exemplaire envoyé au directeur d'une Revue, s'il

ne lui est pas remis de la main à la main, est un exemplaire
que confisque un garçon de bureau ou un rédacteur qui n'en
souffle pas mot.

J'ai parcouru déjà deux fois, hier soir et ce matin, votre
Livre. Il fait penser, il éveille bien des souvenirs confus, il
me parait une base archéologique. Les dessins sont très bien;
le seul défaut que je leur reproche est d'être trop grand d'un
cinquième pour le format in-18. Certainement on s'en occu-
pera vivement en Angleterre et en Allemagne ; mais pour
la France comment se fait-il qu'il n'ait pas été annoncé au
moins deux fois dans le journal de la *Librairie*? Manque de
publicité encore. Un comptoir de dépôt eût été également
nécessaire à Paris. Le succès a son envers grossier et industriel sans lequel l'étoffe ne brille pas.

Je me laisse aller à vous parler de ces détails longuement
parce que le volume mérite d'être accroché à un clou ; mais
jusqu'ici le clou ne me parait pas enfoncé.

Je ne vois pas la lettre à Viollet-le-Duc ; elle me parait
nécessaire au lancement.

IX. — Vous me faites rêver en plein midi, mon cher ami
(10 décembre 1878), avec vos éditions diverses. En prenant
ce matin mon dernier exemplaire pour en faire de la *publicité*, je m'aperçois seulement qu'un exemplaire grand papier
est joint aux quatre volumes, j'ouvre et je tombe sur mon
portrait un peu rajeuni et peigné. Enfin, vous avez bien
voulu, par amitié, me faire beau, beaucoup trop beau.

Mais qu'est-ce que devient dans tout ceci la lettre à Viollet-
le-Duc ? Je n'en vois pas trace et il eût été utile pour vous,
pour moi, pour l'éditeur lui-même qu'elle eût été imprimée
et jointe au volume et à lui envoyée

Je crois que le volume aura du succès, je le flaire, j'en
entends parler, je le répands autant que je peux et puisque
vous m'avez associé pour une beaucoup trop large part à
cette publication, j'espère un jour ou l'autre, dans le même
ordre d'idées archéologiques, vous soumettre toutes sortes
de plans qui dansent dans ma tête.

Occupons-nous du plus important, du succès de votre

livre qui sera très mérité et répondez-moi, je vous prie, sur ceci :

Que faites-vous de la lettre à Viollet-le-Duc ?

Tâchez de m'obtenir un exemplaire pour lui.

J'en ai envoyé un à Benjamin Filhon, le plus célèbre archéologue de l'ouest ; j'en fais passer un autre à M. Georges Perrot, de l'Institut.

M. Augé, qui ne me répond pas à ce sujet a bien tort de lésiner pour quelques exemplaires placés de la sorte ; c'est une leçon et une autre fois je prendrai mes précautions.

Prière de m'envoyer un exemplaire ou deux s'il est possible de mon portrait. Vous devez en avoir des épreuves ; mais vous avez été trop modeste en vous portraicturant dans l'ombre quand vous deviez au moins apparaître *ex-œquo* et en premier. Tout cela est très délicat, aussi comptais-je vous associer à quelque chose de grand et de véritablement utile.

Enfin, pour terminer, deux documents encore sur *le Violon* et *les Chats*. Le catalogue de la vente Conquet, en outre des exemplaires sur vélin et sur Japon avec aquarelles et autographes, mentionne un Album (n° 38 — 320 fr.), contenant des croquis, 133 épreuves d'états différents et des autographes.

Cet album c'est celui de l'éditeur. Il y a un autre album c'est celui de l'auteur des vignettes. Celui-là ne comporte pas moins de 163 pièces avec surtout de longues listes de projets avec notes et observations de Champfleury, et des croquis divers. C'est là qu'on peut voir sur le *sixième état seulement* du Rêve de Dalègre, apparaître le *paravent* dont les contours rectilignes rassurèrent un peu cet excellent Conquet, troublé par l'horrible Japonais cher à Champfleury.

Enfin, quant aux chats par lesquels j'ai annoncé que

Frontispice *inédit pour*

« *Les Sensations de Josquin* »

« *On m'a souvent demandé quel était le* JOSQUIN *mysté-*
rieux qui semblait connaître à fond le Paris actuel et que
personne ne connaissait .... »

Février 1859.

je devais terminer, voici ce qu'il faut dire. J'avais toujours admiré sur la cheminée du Salon de Sèvres un superbe *chat jaune*, que j'aurais bien voulu acheter à la vente en souvenir de mon ami ; ce souhait ne put se réaliser. Je ne fus pas prévenu à temps par cet excellent Gouellain qui avait pourtant suivi tout cela de près, mais n'avait pu me renseigner. Heureusement j'appris que E. Gallé, l'artiste éminent que l'on connaît, fabriquait encore des chats de ce genre. J'entrai en relations avec lui, et il paraît — comme on va le voir — que Champfleury, très occupé, avait oublié de remercier l'auteur de ce chat..... et sur ce je laisse la parole à Emile Gallé (Nancy, 28 décembre 1894) :

Je vous rends grâce, mon spirituel maître, pour votre charmant envoi.— *le Chat d'après les Japonais.* — J'ai lu avec un vif plaisir le nouveau livre que nos amis félins devront à votre jolie plume. Je *suis aise* d'apprendre après nombre d'années. que Maître Champfleury avait bien reçu mon envoi, fait en toute humilité dans la joie que la lecture des " Chats „ m'avait causé. Ainsi, son majestueux silence ne marquait aucun déplaisir. Il garda mon cadeau et ne fit point, comme le pauvre Lélian (alias Choulette) de cristal, marché de chair humaine..... Merci donc pour cette réparation posthume ! Oui bien à yeux de verre jaune à robe brune, et de verre vert à pelage bouton d'or, en effronté visage. Pourquoi un semis de trèfles (non pas cartes à jouer !)? C'était bien avant la venue de l'Extrême-Orient, — au sortir d'une rhétorique au temps des " Orientales „ et deux philosophies — quelque vision moresque.....

Puisque je suis en train de vous conter ma vie par le menu, sachez Monsieur que j'ai quatre chattes, je suis un amoureux des chats. J'avoue à ma honte, d'homme et chrétien, que je leur témoigne sensiblement plus d'égards qu'à maint de mes contemporains. L'attraction ne se raisonne pas. Mesdames *Mimi-Moustache, Chiffon, Mistress Gnow* et *Dame Peluche* me sont des consolations. Les deux dernières proviennent des bêtes du comte de Montesquiou. Dame Pe- luche surtout, *a tortoise cat*, petite-fille d'une chatte qui a éprouvé quelque tendresse pour un Carlin me réjouit. Sa culotte et son masque de velours noir, ses bariolures et son ruban vert-institut, le bruit d'un grelot d'or et d'un grelot d'argent ont des douceurs inénarrables. Si j'avais, Monsieur, le temps de travailler à quoi il me plaît, je serais tenté de faire les effigies de ces êtres en toutes matières, et poses. Mais n'est-ce pas l'ère des " Salons „ ? Et le siècle ne va-t- il pas finir.

Je vous enverrai un de ces horribles chats de faïence jaune, inspiration, résultat le plus clair de ces deux années de philosophie et une de rhétorique..... D'après la couleur de sa robe c'est un chat de lettres, il est à vous !

J'avais commencé ces extraits et ces notes en pensant aux chats, je les termine de même « l'attraction ne se raisonne ni ne se diminue, elle augmente plutôt ».

MIRECOURT

DE L'IMPRIMERIE CHASSEL

www.ingramcontent.com/pod-product-compliance
Lightning Source LLC
Chambersburg PA
CBHW060433260626
47161CB00005B/1905